Elisabeth

„Von heute an, in 60 Jahren"

Roman von
Petra Windhausen

Herstellung und Verlag: Books on Demand GmbH, Norderstedt

ISBN 978-3-8370-4838-4

Für Alice

Sommer 1867

„Eine Kaiserin muß glänzen und repräsentieren und zwar an der Seite ihres Gatten des Kaisers. Gelegentlich auch einmal allein aber sie muß präsent sein…"

Gerede, Gerede und immer das gleiche Gerede.

Ich konnte es schon lange nicht mehr hören, deshalb versuchte ich ein möglichst gleichmütiges Gesicht zu machen und freundlich meiner Schwiegermutter zuzulächeln.

Was mir leider nicht gelang.

Wenn ich diese Frau vor mir sehe fällt mir ein, wieso ich dieses Leben das ich führe nicht besonders mag.

Besagter Gatte, Kaiser von Österreich, Franz-Josef saß wie unbeteiligt in der Ecke des Salons und rauchte eine dicke Zigarre.

Oh - wie gerne hätte auch ich eine Zigarette geraucht aber dann würden die anwesenden Herrschaften sicherlich nach Luft schnappend umfallen.

Also begnügte ich mich damit zu lächeln und dachte mich weit weg von diesem Ort.

Besagte Schwiegermutter, Erzherzogin Sophie von Österreich, redete unaufhörlich weiter.

Immer ging es um dasselbe Thema.

Ich solle doch öfter in Wien weilen, an der Seite von Franz-Josef repräsentieren, mich um die sozialen Belange des Staates bemühen und so weiter, und so weiter.

Irgendwann, wenn ich glaube genug gehört und vor allem von beiden gesehen zu haben, verabschiedete ich mich mit den leisen Worten:

„Ich werde von meinen Hofdamen erwartet, ich beliebe nun etwas auszureiten und mich im Prater zu zeigen, wenn es ihnen Recht ist."

Der Schwiegerhexe platzte beinahe der oberste Halsknopf auf und sie lief rot an, ein schöner Anblick.

Mein Gatte, der Kaiser, sprach wie immer wenn seine Mutter redete, nicht.

Er sah mich nur leidend an und nickte mir zu.

Endlich konnte ich aus diesem Salon verschwinden.

So schnell es ging rauschte ich in meine Zimmer, in denen mich schon meine Hofdamen erwarteten.

Ich riß mir die Halskrause auf und rief gleichzeitig nach Irma.

„Irma, wo bist du? Ist alles bereit? Ich muß hier schleunigst raus sonst passiert gleich etwas!"

Ich wurde immer nervöser.

Als Irma endlich erschien bekam sie meinen ganzen Zorn zu spüren.

Ich schimpfte wie üblich über das ganze Hofzeremoniell, das mir zum Halse heraushing.

Meine genaue Wortwahl verschweige ich lieber, denn sie entspricht ganz bestimmt nicht dem verlangten Hofzeremoniell.

„Irma, hilf mir aus diesem steifen Rock, das ist ja nicht zu ertragen, wo sind meine Reitkleider?"

Eine kleine, neue Hofdame kam ängstlich herbeigeeilt und bemühte sich mir aus den Unterkleidern zu helfen, während eine andere hinter ihr schon mit der neuen Garderobe bereitstand.

„Schnell jetzt, die Pferde warten und ich muß mir den Wind um den Kopf wehen lassen oder er platzt mir gleich vom Hals, ich will nicht aussehen wie Sophie, ihre ganze Boshaftigkeit und Spießigkeit geht mir...!"

„Versündige dich nicht, gebe acht auf deine Wortwahl...!", wurde ich mitten im Satz sehr rüde von Irma unterbrochen

Da ich aber sowieso schon bis auf das Äußerste angespannt war, ließ ich sie meine Autorität spüren.

„Sie wagen es mich zu unterbrechen, eine solche Hofdame ist mir keine Hilfe, hinaus...sofort raus, aus meinen Augen," wütete ich weiter.

Irma knickste und wollte rückwärts gehend den Raum verlassen.

„Nein, nicht du Irma, du bleibst. Alle anderen raus!"

Alle anderen anwesenden Hofdamen legten schnell meine Kleidung die sie in den Händen hielten ab und zogen sich durch die verschiedenen Türen so schnell es ging zurück. Sie alle hatten Respekt vor meinen Zornesausbrüchen.

Als wir alleine waren, wollte ich anfangen auf Irma einzuschimpfen aber diese begann ihrerseits sofort einen heftigen

Wortschwall an mich zu richten.

„Du bist wieder unausstehlich, wer hat dir etwas getan? Sophie? Franz-Josef? Oder bist du dir selber wieder im Wege?"

Ihre Worte waren altbekannt, wie diese Situation sich auch immer wiederholte.

Sie hatte ja recht.

Nur Irma, meine engste Vertraute, Freundin sogar, nur sie durfte so mit mir reden. Niemand sonst traute sich die Wahrheit auszusprechen.

Ich wurde unausstehlich, jeden Tag schlimmer je länger ich in Wien weilte und eingesperrt war. Nein nicht eingesperrt war sondern mich eingesperrt fühlte.

Ich ließ mich nur halb bekleidet auf einen Sessel sinken und die Tränen traten mir in die Augen.

„Irma ...hilf mir ich muß hier raus, ist alles gepackt für Ungarn? Ich will nach Gödöllö, ich kriege hier keine Luft, ich kann nichts essen, nicht schlafen, nichts kann ich hier, ich bin wie gelähmt!"

„Elli, du kannst nicht immer weglaufen," Irma kniete sich neben meinen Sessel, umfasste meine Knie und streichelte sie sanft „bleib heute hier, reite nicht aus. Geh mit Franz-Josef zu dem Empfang und tue deine Pflicht, ich bitte dich!"

Ich jammerte weiter „Nein Irma, ich kann nicht, ich muß raus. Die Pferde sind gesattelt und ich fast angezogen. Außerdem gebe ich nicht nach. Wenn ich jetzt nachgebe haben sie gewonnen. Ich will mein eigenes Leben haben, ich bin erst dreißig Jahre alt und mein Leben ist vorbestimmt und verplant, ich will nicht...

ich wäre lieber tot als in dieser Burg gefangen...!"

Irma stand empört auf und begann hin und her zu laufen.

„Du versündigst dich schon wieder, hör auf zu klagen und reite meinetwegen in den Prater, obwohl ich heute kein gutes Gefühl habe, es liegt ein Unglück in der Luft."

„Oh Irma, jetzt fängst du aber an zu unken. Das ist doch eigentlich mein Part," lachte ich Irma aus, und meine Laune besserte sich.

„Nein, bitte Elli, bleib heute hier, reite nicht aus. Ich weiß irgendetwas wird heute passieren, ich fühle es. Es liegt etwas in der Luft, eine Veränderung... irgend etwas wird heute anders sein."

„Ja genau," antwortete ich und erhob mich vom Sessel
„hilf mir in die Reitkleidung und ich werde durch den Wind reiten
wie ein Derwisch. Das wird heute anders sein, endlich bekomme
ich einmal wieder Luft zum atmen."
Gemeinsam zogen wir die Lederkleidung an und schwiegen dabei.
Irma sah mir nur intensiv und eindringlich in die Augen.
Als ich fertig angezogen war nahm sie mein Gesicht in beide
Hände „Ich liebe dich Elisabeth, denke daran, was immer auch
geschieht, ich bin immer deine Freundin, ein Leben lang und
darüber hinaus, vergiß das nie!"
„Irma , du machst mir Angst," sagte ich verunsichert,, was soll
denn geschehen? Heute Abend speisen wir wieder zusammen,
soweit ich Appetit verspüre und alles wird beim Alten sein. Mach
dir keine Sorgen um mich!"
Wir umarmten uns sehr fest und sehr lange, wie zu einem
längeren Abschied.
 Dann ließ ich Irma stehen und wandte mich in Richtung Stiege.
Irma sah mir traurig hinterher, ich bemerkte wie ihre Lippen sich
bewegten und hörte noch ein leises
„Ein Leben lang und darüber hinaus...!"
Ich warf ihr eine Kusshand zu und begab mich zu meiner
Reitgesellschaft, die im Hof auf mich wartete.

Obwohl ein Page bereit stand, wurde ich nicht in den Sattel
gehoben, sondern setzte mich alleine in den Damensattel und
wünschte mir wieder einmal, normal reiten zu können, aber in
Gesellschaft war das leider unmöglich.
Ich hatte schließlich einen Ruf zu verlieren aber dieser war
ohnehin schon sehr zweifelhaft, gerade wegen meiner
beginnenden Eigenständigkeit.
Ich wollte dieses selbstständige Leben unbedingt führen.
Ich wollte keine Marionette des Staates sein.
Frei und ungebunden wollte ich sein.
Alleine entscheiden können was ich tun und lassen will.
Einmal alleine einkaufen gehen, unbemerkt über den Kohlmarkt
spazieren, in einem Cafe genüsslich eine Zigarette rauchen ohne

das ein Skandal daraus entsteht.

An der Donau mit nackten Füßen durchs Wasser laufen, mit dem Fahrrad durch die Wiener Gassen radeln und mit einer Freundin wie Irma unbeschwert durch den Prater schlendern und Veilcheneis essen.

Aber nie, nie wird das in meinem Leben möglich sein.

Warum, fragen sie sich?

Stimmt, ich vergaß mich selber vorzustellen.

Ich bin Elisabeth, Kaiserin von Österreich, Königin von Ungarn, genannt Sisi.

Liebe Zukunfts - Seele!
Dir übergebe ich diese Schriften. Der Meister hat sie mir
diktiert, und auch er hat ihren Zweck bestimmt,
nämlich vom Jahre 1890 an in 60 Jahren sollen sie
veröffentlicht werden zum besten politisch Verurteilter und
deren hilfebedürftigen Angehörigen.
Denn in 60 Jahren so wenig wie heute werden Glück und
Friede, das heißt Freiheit auf unserem kleinen Sterne
heimisch sein. Vielleicht auf einem Anderen?
Heute vermag ich dir dies nicht zu sagen, vielleicht wenn
du diese Zeilen liest—Mit herzlichem Gruss, denn ich
fühle du bist mir gut,

Titania
geschrieben im Hochsommer des Jahres 1890 und zwar
im eilig dahinsausenden Extrazug.

August 2004

Montag

Was für ein Wetter. Und das im August.

Als ich mit dem Fahrrad um die östliche Seite des Stephansdom herumfuhr, blies mir ein heftiger Wind ins Gesicht, vermischt mit Regen, der an dieser Stelle des Stephansplatzes immer waagerecht statt senkrecht zu regnen scheint.

Es war zwar noch recht früh am Tag, doch einige Menschen waren, wie ich, mit eingezogenen Köpfen, auf dem Weg zur Arbeit.

Ja, ich weiß, ich darf hier nicht mit dem Rad fahren,... Fußgängerzone...aber um diese Uhrzeit?

Selbst die Touristen auf dem Weg zu den verschiedenen Sehenswürdigkeiten Wiens, waren jetzt noch nicht unterwegs.

Ein paar verloren wirkende, in Regenjacken vermummte Gestalten, mit hinter herziehbaren Koffern standen unschlüssig auf dem Platz.

Mit dem Stadtführer in der Hand, blickten sie suchend um sich.

Ein normales Bild in dieser Stadt, wenn man einmal anfängt diesen Menschen zu helfen kann man sich so den ganzen Tag vertreiben.

Sie standen vor dem wunderschönen, frisch restaurierten Reliefbild an einer Wand des Doms. Ein, wie ich zugeben muß, wirklich phantastisch restauriertes Bild.

Sehr bunt und jedes Detail herrlich herausgearbeitet, einfach wunderschön, es war durch ein Gitter vor Tauben und zerstörerischen Händen geschützt.

Kann natürlich sein das ich etwas voreingenommen bin, weil ich nicht ganz unmaßgeblich an der Entstehung beigetragen haben.

Ich bin Restauratorin. Ein Traumjob, mein Traumjob.

Mein Chef bekam den Auftrag von der Stadt und somit machten wir uns an die Arbeit.

Erst gemeinsam, dann bekam Herr Knütter, mein Chef, einen weiteren Auftrag, der keinen Aufschub duldete.

Und da ich die einzige Angestellte von Herrn Knütter bin, durfte ich dieses wunderschöne Reliefbild alleine fertig stellen.

Und so saß ich den ganzen letzten Sommer auf einem Brettergerüst vor dieser Wand und arbeitete unermüdlich.

Hinter mir liefen, ich schätze mal Millionen, Menschen vorbei.

Mich würde wirklich interessieren wie viele es waren. Ob es darüber irgendwo eine Studie gibt? Aus allen Ländern dieser Welt. Manche blieben stehen, manche sprachen mich an oder machten sogar Fotos.

An regnerischen Tagen wie diesem heute, arbeitete ich hinter einer Plastikplane und war für vorübereilende fast unsichtbar.

Natürlich gibt es in Wien auch Wiener, also Leute die hier geboren wurden, hier leben und arbeiten. Für diese gehörte ich nach einer Weile zum Stadtbild.

Der ein oder andere nette Mann blieb schon einmal stehen um mit mir zu flirten und den einen oder anderen Kaffee habe ich auch mitgetrunken oder eine kleine Zigarettenpause eingelegt und geredet. Einer dieser Flirts ging sogar soweit, das man sich ein zweites mal traf…

Wenn man mitten auf einer belebten Fußgängerzone arbeitet, können einem wirklich lustige Dinge passieren. Aber zur Information:

Ich bin immer noch Single…oder schon wieder und das mit Begeisterung.

Zurück zu meiner windgepeitschten Fahrt.

Wie fast jeden Tag fahre ich eben diese Strecke an meinem Bild vorbei und bin immer noch stolz darauf.

Ich war auf dem Weg zu meinem neuen Arbeitsplatz. Wir haben einen neuen Auftrag aus dem Dorotheum, dem größten Auktionshaus Europas. Dort gibt es viele alte Möbel, Kommoden, Schränke, Stühle, Tische aus dem 19.Jahrhundert, ein paar davon haben wir in unsere Hände bekommen. Sie sehen wirklich übel aus, die Oberflächen sind stumpf und zerkratzt, werden aber später wieder einmalig glänzen und aussehen wie eben erst gefertigt.

Der Auftrag wird uns eine ganze Weile beschäftigen.

Herrlich in diesem alten Gebäude ein und aus zu gehen.

Das Dorotheum ist ein altes Palais und hat mehrere Etagen.

Man kann teilweise von einer Etage in die andere einsehen. Wenn man auf einer der oberen Etagen steht kann man den ganzen Innenraum der unteren überblicken und die wundervollen alten Möbel darin sehen.

Ein für mich überwältigender Anblick, immer wieder aufs Neue, sooft ich auch von einer der Balkone hinunterblicke.

Dann wünsche ich mir ein Schloß und eine Million Euro um es einzurichten.

Nein besser zwei Millionen, denn diese Stücke sind nicht billig.

Immer wieder schaue ich gerne bei den verschiedenen Auktionen zu und sehe wie die restaurierten Möbel an die verschiedensten Kunden aus aller Welt verkauft werden .

Bald werden auch Stücke dabei sein an denen ich monatelang gearbeitet habe und die werde ich nie wieder sehen, so wie mein Reliefbild an dem ich täglich vorbeifahren kann.

Ob mir das schwer fallen wird?

Ich glaube schon. Ich bin jetzt 30 Jahre alt und Trennungen sind mir schon immer schwer gefallen. Ich besitze so viele alte Dinge die jeder andere schon längst weggeworfen hätte. Also nicht nur antike Gegenstände, nein richtig viel alten Plunder.

Vasen, Tischdecken, Geschirr und so weiter, hauptsächlich aus dem Bestand meiner Mutter.

Als sie im letzten Jahr plötzlich und unerwartet an Herzversagen starb und ich in meiner Heimat Bayern unseren Hausstand auflösen musste, ist so einiges übrig geblieben von dem ich mich natürlich nicht trennen konnte.

Ein ganzes Haus auszuräumen, auch wenn es nur klein war, ist eine Menge Arbeit.

Vor allem wenn das Ganze noch mit Trauer um die Mutter, den einzigen Menschen den man auf der Welt noch hatte, eine Rolle spielt. Aber was sollte ich mit einem Haus in der bayrischen Provinz, wenn mein Leben und meine Arbeit in Wien waren.

Ich war bis zu meinem 20.Lebensjahr dort zu Hause. Meine

Mutter und ich, sonst gab es niemanden. Gut, es muß einen Vater gegeben haben, nur kannte ich ihn nicht.

Meine Mutter kannte ihn, glaube ich, auch nicht so genau.

Eine kurze leidenschaftliche Affäre, in einem fremden Land, mit einem ihrer Kollegen den sie nie wieder traf, hatte mich zur Folge. Und sie hat mich sehr gewollt und geliebt. Nur waren wir immer alleine, es gab keine Verwandtschaft, nicht einmal mehr Omas oder Tanten und Onkel.

Von Oma hatten wir das Haus geerbt, ich kannte sie noch, kann mich aber kaum an sie erinnern, da ich noch zu klein war als sie starb.

Aber wir hatten viele Freunde. Im Nachbarhaus wohnte die Familie Siegmüller.

Eine richtige Familie, Vater, Mutter, Kind. Sie waren unsere Familie.

Zwischen unseren Gärten gab es keinen Zaun, so konnten wir uns immer gegenseitig besuchen.

Wir, das hieß vor allem Irmgard und ich. Die Tochter der Familie. Exakt im gleichen Alter wie ich und im Grunde meine Schwester.

Denn wir machten alles gemeinsam. Da auch unsere Mütter Freundinnen waren fuhren wir sogar zusammen in den Urlaub. Mal an die Ostsee und mal nach Italien.

Immer mit der großen Familienkutsche, einer Menge Gepäck und viel Spaß.

Die Familie Siegmüller ist auch heute noch mein einziger Kontakt in meine alte Heimat.

Sie vermissen mich wie ihre eigene Tochter, und Feiertage wie Weihnachten verbringe ich bei ihnen, alleine schon deswegen, weil Irmgard nicht mehr richtig bei ihnen ist.

Aber dazu später. Das ist ein trauriges Kapitel.

Unser kleines Haus habe ich an ein älteres Ehepaar verkauft, mit denen ein netter nachbarschaftlicher Kontakt besteht aber nicht mehr. Der Erlös aus dem Verkauf ermöglicht mir ein ruhiges Leben, ohne große finanzielle Not.

Ich kann mir das ein oder andere kaufen nach dem ich mich sehne, das sind hauptsächlich antike Stücke. Nur meine Wohnung ist halt zu klein für meine Einrichtungsvorstellungen. Aber ich lebe prima und bin sehr zufrieden.

Na gut... wer ist schon als 30jährige zufrieden mit seinem Aussehen.

Ich könnte größer sein.

Mit meinen 1,64 cm bin ich zu klein für mein Gewicht. Ich bin nicht dick, nur Größe 40 sieht nicht immer gut aus, besonders im Sommer, wenn unvorteilhaft platzierte Rundungen in luftiger Kleidung, besser zur Geltung kommen.

Aber ich esse halt nicht regelmäßig und wenn, dann schmeckt mir die hiesige Küche einfach zu gut.

Die Schnitzel vom berühmten Restaurant Figlmüller sind einfach göttlich und die Käsekrainer an meinem Stammwürstelstand am Stephansdom riechen einfach unwiderstehlich wenn ich dort täglich vorbeifahre.

Und lassen sie mich bloß nicht von der Schlachtplatte im Augustinerkeller anfangen, sonst lasse ich alles stehen und liegen und fahre sofort dahin.

Dann liegen auf meinem täglichen Weg natürlich unzählige Schnellrestaurants bei denen man schnell nach Feierabend anhalten kann.

So, und jetzt habe ich noch kein Wort über die Süßigkeiten, Schokoladen und Mehlspeisen verloren...und wer sich in Wien auskennt, weiß das der Weg von der Schulerstraße, in der ich wohne, bis zum Dorotheum, in dem ich arbeite, mit dem Fahrrad in ca 5 Minuten zu schaffen ist. Also 10 Minuten, nicht besonders schnelles Radfahren, ist keine wirklich sportliche Betätigung und verbrennt nur ein Minimum an Kalorien.

Die meisten Kalorien verbrenne ich sicherlich wenn ich reite.

Ich liebe Tiere. Pferde und Hunde besonders.

Es gibt nichts Besseres als auf einem Pferd schnell durch den Wald zu reiten.

Aber auch dazu komme ich nur an den Wochenenden oder im Sommer am frühen Abend. Und im Moment, bei einem solch großen beruflichen Auftrag, habe ich fast gar keine Zeit mehr.

Mein „halbes" Pferd mit dem Namen „Chester" gewöhnt sich gerade mehr an Sonja, die seine andere Hälfte besitzt. Sie hat ja auch als reiche Tochter viel mehr Zeit für den lieben Gaul.

Na ja, so ist wenigstens er ständig in Bewegung, was man von mir nicht gerade behaupten kann.

Ich würde ja wirklich gerne viel mehr im Stall sein, aber mir fehlt einfach die Zeit.

Wenn ich mich auf gesundes Essen besinne schaffe ich das genau eine Woche und dann komme ich an einer Käsekrainer vorbei und alles ist vergessen.

Ich mag meinen Namen, ich heiße Alice, wie die aus dem Wunderland, nur vorne ohne Ä ausgesprochen, sondern A also Aaalice, und das E am Ende wird verschluckt.

Mein Gesicht ist recht hübsch wie ich finde. Das habe ich von meiner Mutter die lange Zeit als Fotomodell gearbeitet hat, ebenso die Haare, die zwar dünn sind, aber eine schöne kastanienbraune Farbe haben und nie länger werden als maximal Schulterlänge.

Ich weiß auch nicht warum, irgendwie schaffe ich auch das nicht, sie wachsen einfach nicht.

Meine Haut ist dank diverser Cremes, Töpfchen und Tiegelchen die in meinem Badezimmer stehen, immer noch recht jugendlich und faltenfrei.

Ich liebe es, mich von oben bis unten mit den verschiedenen Kosmetikprodukten einzucremen.

Wenn ich irgendwohin fahre, habe ich wenig anzuziehen dabei, dafür um so mehr Cremes.

Für eine drei Tage Reise brauche ich auch drei Duschgele, drei Body Lotions, drei verschiedene Augengels, Tages, Nacht und Zwischencremes und so weiter.

Wenn ich nach Bayern fahre und bei Siegmüllers übernachte, ist deren Badezimmer voll mit meinem Kosmetikkram, aber ich trage drei Tage denselben Pullover.

Ich fuhr nun langsam auf meinen Stammzeitungsstand am Ende der U-Bahn zu.

Dort kaufe ich mir jeden Morgen die Zeitung, einfach um mich über Wetter und allgemeine Dinge auf dem Laufenden zu halten, weil ich selten Fernsehen schaue und Radio höre ich nie.

Bei der Arbeit liebe ich es meinen Gedanken nachzuhängen dabei würde mich ewiges Gedudel nur stören.

„Morgen Tuncay…Mist Wetter, gell?"

„Gute Morge..schauderlich…"antwortete Tuncay der Zeitungsverkäufer der in einem Regenmantel dastand. Er hob die Plastikabdeckplane, die über den Zeitungen hing hoch und gab mir mein Exemplar„…schöne Tag noch…" „Danke Tuncay, ich habe viel Arbeit heute".

Ein paar Worte wechselten wir immer miteinander, das ergibt sich so wenn man seit fast 10 Jahren Geld gegen Zeitungen tauscht, außerdem finde ich es immer wieder entzückend wenn ein Türke, der ebenfalls seit ewigen Zeiten in Wien lebt, mit seiner Familie türkisch spricht aber trotzdem den absoluten Wiener Tonfall in seiner Stimme trägt, einfach nett.

Die Zeitung rollte ich zusammen, steckte sie in meine Tasche und radelte an meiner Würstelbude vorbei, die natürlich noch geschlossen war, in die Dorotheergasse hinein.

Am Dorotheum angekommen fuhr ich in den Hinterhof, lehnte mein Fahrrad an eine Wand und ohne es abzuschließen ging ich in die Werkstatt.

Niemand war da, herrlich, so liebe ich es, ganz alleine und in Ruhe meiner Arbeit nachzugehen.

So begann ich an dem Schrank zu arbeiten den Herr Knütter mir als erstes gegeben hatte.

Ungefähr eine Stunde konnte ich ungestört schleifen, pinseln und ausbessern bis Herr Knütter in die Werkstatt kam

„Guten Morgen, na schon wieder so früh auf?"

„Ist die Beste Zeit!", antwortete ich abwesend.

Herr Knütter war angezogen wie immer, seine Weste mit einer Million Taschen, aus denen Werkzeuge aller Art herausschauten, wurde mit den Jahren auch nicht schöner, aber ich glaube er würde sich eher von seiner Ehefrau trennen als von dieser Weste.

Bei der Gelegenheit viel mir ein, das ich seine Frau gerne einmal gefragt hätte, ob er auch eine Schlafweste mit vielen Taschen hat, aus einer schaut ein Taschentuch, aus der anderen die Zahnbürste… ich kenne den Mann nicht anders als in dieser Weste.

Andere Hosen, verschiedene Schuhe, gelegentlich eine Mütze, immer unterschiedliche Hemden, aber immer diese Weste, ich liebe diesen Mann dafür. Er ist unkompliziert, einfach ein furchtbar netter Chef und ein lieber Mensch.

Durch Onkel Horst Siegmüller, habe ich nie einen Vater vermisst, aber wenn ich mir einen aussuchen dürfte, dann so einen wie meinen Chef.

„Na - was macht der Schrank? Irgendwelche geheimen Fächer mit wertvollem Inhalt gefunden?", fragte er und riß dabei in gespielter Erwartung die Augen auf.

„Nein, leider nicht, aber er wird wunderschön, vielleicht behalte ich ihn…!"

„Ja- klar!"

Ein alter Scherz zwischen uns, denn wie gesagt fielen mir Trennungen immer sehr schwer und ich wollte alle Möbel behalten die ich je unter meinen Fingern hatte.

Herr Knütter ging an seinen improvisierten Schreibtisch, der aus einem Brett das über ein altes Schränkchen gelegt wurde, bestand. Jede Menge Papierkram wurde von ihm durcheinander gemischt bis er einen Zettel herausfischte und in die Höhe hielt.

„Ich habe einen neuen Auftrag für dich!"

„Wie schon wieder, ich habe doch den hier erst angefangen."

„Es ist auch nur eine kurze Unterbrechung unserer Arbeit hier, wir sollen uns im Auftrag der Stadt eine Kommode in der Hofburg ansehen. Sie steht in den Schauräumen der Kaiserappartements und ist ziemlich mitgenommen. Magst du heute mit dem Herrn Schmiedel von der Hofburgverwaltung gehen und sie dir ansehen? Ich muß die Möbel für die heutige Auktion vorbereiten."

„Ja, mache ich gerne , wann kommt er?"

Er sah auf den Zettel auf dem er sich Namen und Uhrzeit notiert hatte.

„Er kommt gar nicht, du triffst ihn am Haupteingang um 10:30, schaffst du das?"

„Ja, sicher, kein Problem, so komme ich endlich mal dazu auch das Innere der viel beschriebenen Hofburg zu sehen. In den zehn Jahren hab ich es nicht einmal geschafft."

„Ich meine auch das es einmal Zeit wird das du dir anschaust womit Wien jedes Jahr Millionen Euro verdient und es schafft alle

Völker dieser Erde zu begeistern."

In der Tat bin ich noch nie in der Hofburg gewesen.

Interessiert hätte es mich schon, nur konnte ich mich nicht dazu durchringen mich mit den japanischen, französischen, englischen und sonstigen Touristen durch diese Räumlichkeiten zu bewegen.

So habe ich es immer wieder regelrecht vergessen.

Auch wenn ich täglich an den Sehenswürdigkeiten Wiens vorbeigehe oder fahre, die wenigsten habe ich von innen gesehen.

So freute ich mich wirklich darauf, auf diese Art die Schauräume der Hofburg kennen zulernen.

Ich arbeitete noch ein wenig vor mich hin, half Herrn Knütter bei der Vorbereitung einiger Schaustücke und ging dann als es Zeit wurde das Stück zur Hofburg zu Fuß.

Es hatte aufgehört zu regnen und die Sonne kam raus, hurra, das hieß heute Abend Rathhausplatz. Dort findet im August immer ein kulinarisches Highlight statt.

Also zumindest für mich.

Dort steht ein Stand neben dem anderen mit den verschiedensten Köstlichkeiten aus aller Welt, ein Paradies. Und wenn die Dämmerung einsetzt wird auf einer großen Leinwand am Rathhaus, jeden Abend eine andere Oper gezeigt.

Essen in Kombination mit wunderbarer Musik...ich liebe Wien im August für diesen Event.

An der Hofburg angekommen erwartete mich genau das was ich vorhergesehen hatte.

Genau das, was mich hier hat immer vorbeifahren lassen.

Menschenmassen die sich um die Kasse drängeln und schon bevor sie überhaupt mit Herr und Frau Kaiser bekannt gemacht wurden, die ersten Andenken in Form von Tassen, Untersetzern und anderen unnötigen Tand in den Papiertüten hatten... gruselig.

Ich ging an der Schlange vor der Kasse vorbei, erntete ein paar böse Blicke und sagte der Dame, dass ich auf Herrn Schmiedel warte.

Worauf sie einen Telefonhörer zur Hand nahm und mir nach kurzem Gespräch mitteilte das es nur ein paar Minuten dauere und er mich hier abholen würde.

So wartete ich noch und sah mich derweil etwas um.

In Vitrinen um mich herum lagen seidene Tücher mit Sisi drauf die laut schrien „kauf mich" und Bücher in allen Sprachen über die Kaiserin wurden angeboten.

Ich ging zur nächsten Vitrine in der Porzellan ausgestellt war, doch bevor ich herausfinden konnte ob das aus der Kaiserzeit stammte oder aus unserem Jahrhundert, kam ein Mann auf mich zu.

Er stammte definitiv aus unserem Jahrhundert.

Ein hellgrauer Anzug, ein rosafarbenes Hemd und das Gesicht in der gleichen Farbe, keine Krawatte, eine alte Brille die auf die Nasenspitze gerutscht war und ein Handy am Ohr, das er in dem Moment zuklappte als er mich sah.

„Sind sie Frau Alice Hohenembs, und kommen von Herrn Knütter?", wir schüttelten uns die Hände und gingen ein Stück auf die Seite um einige Touristen durchzulassen.

„Genau, ich soll mir hier eine Kommode ansehen, die wohl in den Schauräumen steht. Ich frage mich nur wie wir das machen bei diesem Andrang."

„Das wird gehen. Sie steht in den ehemaligen Gemächern der Kaiserin. Wir werden durch ein paar geheime Gänge gehen und die Räume durch eine verborgene Tür betreten. Die Leute die gerade vor der Absperrung stehen, werden zwar in ihrer Betrachtung kurz gestört, aber nicht sehr lange.

Die Führungen gehen immer schnell weiter." Sein Handy klingelte schon wieder, aber er ignorierte es.

„Oh, fein, ich liebe Geheimgänge!", sagte ich aufgeregt.

„Ja, ich auch, und so wie wir sie jetzt benutzen, wurden sie in damaligen Zeiten auch von Dienern und selbst vom Kaiser genutzt. Sollen wir los?"

Wir gingen an den Touristen vorbei, raus in das Innere der Hofburg.

Der Platz war sehr groß und an der Seite des Traktes der Kaiserin, betraten wir durch eine kleine Tür an der noch ein altes Schild mit der Aufschrift „Lakaienstiege" stand, wieder die Burg.

Ein langer schmaler Gang führte uns in einen Raum in dem jede Menge Bretter, Regale und Kartons standen. Eine Tür stand auf und dahinter führte eine Wendeltreppe nach oben.

Wir stiegen hinauf und hinauf …ab und zu wurde der Aufgang von einer weiteren Tür unterbrochen, aber wir gingen noch ein Stück um dann wieder durch einen Durchgang zu gehen der hinunterführte.

Und dann endlich wurde durch Herrn Schmiedel eine kleine Tür geöffnet und wir sahen in das Gemach der Kaiserin.

Dicht hinter meiner Begleitung trat ich in das Zimmer, wunderschön, wirklich, nur die Menschen hinter der Absperrung verwirrten mich ein wenig.

Dadurch wurde ich von der Einrichtung abgelenkt. Die Leute starrten uns an, die Hofburgführerin hörte auf zu reden und sah sich zu uns um.

„Lisa, laß dich von uns nicht stören, wir schauen nur nach der Kommode," wendete sich Herr Schmiedel an die Dame vor der Absperrung.

Diese nickte nur, winkte uns kurz zu und begann in spanisch auf die Leute in ihrer Gruppe einzureden.

„Wenn sie mit ihrer Gruppe weg ist, haben wir etwas Zeit um uns in Ruhe umzusehen."

Er zeigte auf eine schöne weiße Kommode auf der Bilder standen. Bilder mit Menschen darauf.

Bilder, die wie ich glaubte, gerade eben erst dahingestellt worden waren.

Eine Bürste lag neben den gerahmten Fotos..

Über der Kommode hingen Bilder an der Wand, auf diesen Bildern waren Hunde zu sehen. Große schöne Hunde. Ich liebte Hunde, ich hätte selber gerne einen, aber die Zeit die ich nicht habe, erlaubt es nicht.

„Nun Frau Hohenembs , was sagen sie dazu?"

„Tja, ich weiß noch nicht. Darf ich sie ohne Schutzhandschuhe anfassen? Ich brauche etwas Zeit um mir ein Bild zu machen!"

„Natürlich, so lange sie wollen, ich sage den Führungen bescheid das sie hier sind und sie nehmen sich die Zeit die sie brauchen. Finden sie hier selbst wieder raus?

„Ich glaube, wenn sie mir eine halbe Stunde geben und mich dann hier wieder abholen reicht das. Die ganzen Gänge rauf und runter haben mich etwas verwirrt und es wäre mir peinlich auf dem Rückweg irgendwo zu landen wo ich nichts zu suchen habe."

„Also, in einer halben Stunde bin ich wieder hier, bis dann," sprachs, holte sein Handy aus der Tasche, tippte schnell irgendwelche Zahlen ein, ging laut telefonierend aus dem Raum und ließ mich alleine.

Die Kommode war schön und interessant, keine Frage, aber solche Stücke hatte ich schon mehrfach restauriert, so das ein kurzer Blick auf das Möbelstück mir reichte um mir ein Bild von der vor mir liegenden Arbeit machen zu können.

Und da ich vorher noch nie in diesen Räumen war, schaute ich mich erst einmal neugierig um.

Ich war fasziniert von diesem Raum.

Er war warm und gemütlich eingerichtet.

Ich könne mir durchaus vorstellen das man sich hier wohl fühlt.

Eigentlich dachte ich immer, so eine Burg muß doch groß und unpersönlich sein, aber dieser Raum war alles andere als das.

Ich ging von einer Seite des Zimmers auf die andere und betrachtete die Dinge um mich herum. Ich kann es schlecht beschreiben wie ich mich fühlte.

Es war kein Gefühl wie ich es kannte, es war auch kein besonders schönes Gefühl.

Es war seltsam, einfach seltsam.

Ich wollte alles anfassen, es anders hinstellen. Die Bilder gehörten nicht an diese Wand, sondern an die gegenüber.

Der Stuhl gehört hier gar nicht her, was macht der hier?

Ich ging zur Kommode zurück, rückte dort die Bilderrahmen zurecht und nahm einen davon, aus dem mich ein Mädchen im altmodischen Kleid anblickte, in die Hand.

Sie war ungefähr sechzehn.

„Nein, sie war zwölf bei dieser Aufnahme ,"sagte ich laut.

Ich erschrak nicht vor meiner Stimme, ich lächelte das Bild an und stellte es liebevoll zurück.

Dann nahm ich die Bürste vom Tisch und wurde ein bisschen wütend, die gehört ins Badezimmer, wer lässt sie hier liegen?

Ich ging quer durch den Raum auf eine Wand zu in der es offensichtlich keine Tür gab.

Aber im letzten Moment griff meine Hand in einen kleinen Spalt in der Tapete und öffnete mit einem Klick eine versteckte Tür.

Ich schaute in ein Badezimmer, mit einer goldenen Badewanne an der linken Seite, einem alten Kachelofen wie er auch im großen Zimmer stand, einem großen Spiegel gegenüber der Tür und einem Frisiertisch davor.

Das Bad erschien mir nicht wie aus alter Zeit. Die Wände waren aber nicht gekachelt, sondern mit einer schönen Blumenmuster Tapete bespannt.

Zielstrebig ging ich auf den Frisiertisch zu, legte die Bürste dort ab und setzte mich seitlich auf den davor stehenden Hocker.

Mein Blick viel so zuerst nicht in den Spiegel, sondern auf die Wanne.

Eine goldene Wanne und über der Mitte ein Wassereinlauf.

Ich stand auf, wieder verspürte ich etwas wie Wut, warum lief das Wasser noch nicht?

Ich drehte an dem Hahn und das Wasser rauschte in die goldene Wanne.

Ich bemerkte den Duft von Rosen.

Langsam drehte ich mich um und ging wieder auf den Hocker zu, setzte mich in Richtung Spiegel und schaute hinein.

Ich sah mein Gesicht, und doch irgendwie nicht, es war, wie man so schön sagt etwas lieblicher nicht ganz so kantig.

Es war mein Gesicht, schmal mit großen dunklen Augen, mein Mund wirkt ein wenig verkniffen, warum?

Weil es nicht dein Gesicht ist, sagte mir mein Verstand der sich plötzlich meldete aber sich nicht durchsetzen konnte.

Warum hast du keinen Pony? Warum ist dein Haar nach hinten gekämmt und warum ist der Kopf so schwer?

Mitten in diese Überlegungen tauchte hinter mit ein weiteres Gesicht auf.

Dem meinen nicht unähnlich.

Da mein Verstand sich wie gesagt nicht durchsetzen konnte, erschrak ich vor diesem Gesicht nicht.

Es erschien mir genauso vertraut wie mein derzeitiges Spiegelbild.

Dies Gesicht sah mir durch den Spiegel kurz in die Augen,

verbeugte sich und begann zu sprechen.

Oder besser gesagt die Lippen zu bewegen. Ich verstand kein Wort, als ob man den Fernseher auf lautlos gestellt hätte.

Noch bevor ich antworten wollte, das ich sie nicht verstehe, wurde mein Kopf etwas unsanft nach hinten gezogen.

Ich spürte das ich an den Haaren gezogen wurde.

Das kann nicht sein, meine Haare waren zu einem Pferdeschwanz gebunden und nur schulterlang.

Ich wollte mich umdrehen, konnte aber nicht. Plötzlich fiel mein Blick auf meine Hände. Meine Hände?

Das waren nicht meine Hände, meine waren rau, rissig und mit Farbe besprenkelt.

Diese Hände die ich sah, waren feingliedrig, wie Porzellan und sehr gepflegt.

Außerdem hielt die linke Hand ein Buch fest.

Ich bewegte diese Hand nach oben um zu lesen, doch was ich sah, waren mir fremde Buchstaben.

Ich blickte zurück in den Spiegel und wollte die Person die hinter mir stand etwas fragen, als eine tiefe Stimme die nicht in diese Zeit zu passen schien mich fragte:

„Na - Sisi, was sagt der Spiegel? Bist du noch so schön?"

Ich wurde wieder kurz wütend und drehte mich schnell herum.

Hinter mir stand Herr Schmiedel und lachte mich an.

Die Frau die noch kurz vorher an meinen Haaren gezogen hatte war weg.

Ich sah auf meine Hände, ja das waren wieder meine Hände.

Rau und rissig und sie hielten kein Buch in der Hand.

Ich drehte mich zurück zum Spiegel. Kein liebliches Gesicht mehr mit großen braunen Augen.

Meine Haare zum Zopf nach hinten gebunden und der Pony war auch wieder da.

„Was ist los, habe ich sie erschreckt?" Herr Schmiedel stand so dicht hinter mir wie die Frau gerade eben.

Ich sah ihn an, wahrscheinlich etwas verwirrt und fragte:

„Warum läuft das Wasser nicht mehr?"

„Weil es das schon seit Jahrzehnten nicht mehr tut. Haben sie am Hahn gedreht?"

„Ich, ja, nein, doch aber…"

Er sah mich an und fragte ob es mit gut ginge.

Ich stand auf und fühlte mich etwas wackelig auf den Beinen.

Als ich um mich blickte wunderte ich mich ein wenig darüber, das dieser Raum ein Badezimmer war. Ich war doch eben noch im Wohnzimmer der Kaiserin und betrachtete die Kommode.

Irgendetwas stimmt hier nicht.

Durch die kleine Tür sah ich nun die Kommode und zeigte darauf.

„Wie haben sie die Tür entdeckt die zum Bad der Kaiserin führt, die ist doch recht gut versteckt," sagte Herr Schmiedel

„normalerweise ist sie um diese Uhrzeit schon geöffnet, damit die Besucher in das Bad schauen können, aber man hatte es heute vergessen!"

„Ich habe keine Ahnung," antwortete ich völlig desorientiert.

Ich ging zurück in den großen Raum, in dem Moment wurde eine neue Touristengruppe hineingeführt, diesmal englisch sprechend.

Mich überkam plötzlich wieder diese Wut, die mir eigentlich unbekannt war. Was war nur los mit mir ?

Was machen diese Leute hier? Schickt sie hinaus! Aber sofort, was fällt denen ein….dieser für mich untypische Gedanke schoß mir plötzlich durch den Kopf.

„Und, was sagen sie zu der Kommode, ist es schwierig sie hier an Ort und Stelle wieder etwas herzurichten?"

„Was? Nein sicher nicht, es wird schon gehen, kein Problem!"

Die Kommode, stimmt, darum bin ich ja hergekommen,

In meinem Kopf schwirrte es.

Irgendwie habe ich sie mir gar nicht richtig angesehen. Was war in der Zwischenzeit passiert, war schon eine halbe Stunde vergangen?

„Sagen sie Herr Schmiedel, hat die Kaisein hier in diesen Räumen wirklich gewohnt?"

„Ja - sicher, wenn sie in Wien war, hat sie hier gewohnt oder draußen in Schönbrunn oder aber in der Hermesvilla im Lainzer Tiergarten, diese Schlösser kennen sie doch sicher auch?"

„Ja - natürlich, von außen schon, nur die meisten habe ich noch nie von innen gesehen."

„Was? Sind sie kein Sisi - Fan? In ganz Wien begegnet man ihr doch, das kann doch an ihnen nicht spurlos vorübergegangen sein?"

„Nein, nicht ganz, klar, das eine oder andere hört man natürlich. Aber so richtig auseinandergesetzt habe ich mich mit Ihr noch nicht. Ich interessierte mich schon immer mehr für die Gegenstände in dieser Zeit aber nicht für die Menschen. Aber ich glaube das sollte ich mal ändern. Ich werde mir gleich in dem Souvenirshop ein Buch über die Kaiserin zulegen"

Das wollte ich wirklich, denn das was ich eben erlebt hatte verwirrte mich noch immer und ich wollte gar nicht aus diesen Räumen hinaus, sondern mich auf den Hocker zurücksetzen und dort weitermachen wo mich Herr Schmiedel unterbrochen hatte.

Aber wir strebten schon auf die Tür zu, durch die wir hinein gekommen waren.

Und durch Gänge und über Stiegen wurde ich wieder in den Burghof geführt.

Dort machten wir für den nächsten Tag einen Termin aus, damit ich mit Werkzeug der Kommode zu Leibe rücken konnte.

Herr Schmiedel verschwand wieder in der Hofburg und ich blieb alleine vor der Amalienburg, wie dieser Teil der Burg genannt wird, stehen.

Ich blickte nach oben zu den Fenstern, aber richtig denken konnte ich noch nicht, was war dort passiert?

Mir wurde nur etwas mulmig. Bis ich merkte das wir schon zwölf Uhr hatten und ich weder etwas gegessen noch getrunken hatte.

Das war die Lösung, mir war einfach so komisch weil ich Hunger hatte und der Flüssigkeitsmangel mir zu schaffen machte.

Also nichts wie ab in die Werkstatt und etwas gegessen und getrunken.

Ich ging durch das Tor der Hofburg auf den Michaelerplatz zurück und in Richtung Dorotheum, gedanklich mit einer Käsekrainer beschäftigt.

Und so vergaß ich, das Buch über die Kaiserin zu kaufen.

Auf meinen Heimweg am Abend hatte ich alles vergessen.

Na gut, nicht alles, und auch nicht vergessen, sondern verdrängt.

Die Stadt war so heiß geworden, dass einem der Asphalt unter den

Flip Flops weg schmolz.

Ich schwöre, das ist kein Witz.

Die Stadt hatte sich im Laufe des Tages auf gut vierzig Grad aufgeheizt, und in den Gassen brannte der Asphalt. Schon zwei Paar dieser Plastikschuhe waren im Müll gelandet, weil schwarzer Teer an ihnen klebte.

Ich freute mich auf eine Dusche und auf ein Treffen mit ein paar Bekannten auf dem Rathhausplatz.

Ich machte auf der Kärntnerstraße noch einen kurzen Halt in meiner Lieblings Parfumerie und kaufte mir eine schöne Gesichtscreme und ein neues Duschgel.

Wie schon erwähnt…Körperpflege…meine Schwäche, ich brauche nicht viele Kleider und Schmuck schon gar nicht aber die Produkte aus der Parfumerie lassen mich eines Tages verarmen.

Zu Hause angekommen duschte ich mit meiner Neuerscheinung in der Badezimmersammlung und fühlte mich herrlich.

Meine weite Lieblingsjeans, ein weites, bequemes T-Shirt und gerade eben neu erstandene Flip Flops an, schwang ich mich wieder auf mein Rad und fuhr in Richtung Rathhausplatz.

Das Rad stellte ich im Park ab und begab mich zu unserem Treffpunkt, dem mexikanischen Calamaris Grillstand, an dem ich meine Abendessenstour beginne.

Oh Gott, Thomas stand schon an einem der Tische und sah sich um.

Ich mag ihn nicht ist geschmeichelt. Der Typ ist widerlich.

Er ist der Typ Mann weshalb ich Single bin und es bleiben möchte.

Eine Frau die arbeitet, selbstständig denken kann und keinen Mann braucht um sich ernähren zu können, ist ihm nicht geheuer.

Ich weiß gar nicht wer ihn irgendwann angeschleppt hat.

Ich glaube Sonja, die lernt gelegentlich so jemanden kennen und irgendwie kommt der immer wieder.

Ich muß sagen ich habe nicht viele Freunde, eher Bekannte.

Aber man kann ja nicht ständig alleine herumlaufen.

„Hallo Thomas, noch keiner da?"

„Bin ich keiner?"

Oh, sagte ich schon, das ich diesen Mann liebe? Immer einen

lustigen Spruch auf den Lippen, würg!

Mein Sarkasmus ist bis zu diesem Teil der Geschichte noch nicht vorgedrungen, aber wahrscheinlich ist er der Grund dafür, das ich keine Freunde habe sondern eben nur Bekannte.

Wir setzten uns an einen Tisch. Der Platz war noch recht leer, begann aber sich zu füllen.

Da ich nie weiß was ich mit diesem Thomas reden soll ohne ihn zu beleidigen, ging ich schon mal Getränke holen.

Als ich zurückkam war Sonja angekommen, Gott sei dank.

Sie ist so unbefangen, geht auf jeden zu und ist immer aufgeschlossen und freundlich.

Ich habe die Vermutung, das Thomas ihretwegen immer wieder kommt.

„Hallo Sonja, wie geht es Chester?"

„Schöne Grüße soll ich dir ausrichten, er wüsste nicht mehr wie sich dein Hintern auf seinem Rücken anfühlt!", sagte sie lachend und strich sich die blonden kurzen Haare aus der Stirn, holte eine kleine Spange hervor und schob sie sich unauffällig in die Haare, Thomas starrte sie die ganze Zeit über an, was meine Vermutung bestätigte.

„Ja, ich weiß ich habe verdammt wenig Zeit, wir haben tausend Aufträge.

Aber am Wochenende werde ich kommen, das kannst du ihm ausrichten."

„Am Wochenende ist eine Schnitzeljagd angesagt, machst du mit?" fragte Sonja.

„Ja, gerne aber wen reitest du, außer Chester bin ich kein Pferd mehr gewöhnt."

„Ich nehme ein anderes, kein Problem ich komme mit allen aus unserem Stall klar."

Thomas grinste Sonja an und sagte :„ja, ja geritten wird immer…"

Oh Gott…ich machte schon meinen Mund auf um etwas zu erwidern, als Sonja mich scharf ansah und mir damit den Wind aus den Segeln nahm.

Wir wollten diesen Abend nicht mit Streit beginnen.

Wir holten uns etwas zu essen und es kamen noch ein paar Bekannte hinzu. Denn dies war unser Platz im Sommer an dem wir uns völlig unverabredet trafen. Wer Zeit hatte kam und wer fehlte, hatte halt etwas anderes zu tun.

Es gab keine telefonischen Verabredungen, dafür waren wir beruflich alle zu eingespannt um uns ständig hinterher zu telefonieren. Außer mit Sonja hatte ich mit niemandem engeren Kontakt.

Ich lernte Sonja im Stall kennen und da sie so aufgeschlossen ist kamen wir gleich ins Gespräch. Kurz und gut, wir verstanden uns so gut, das wir uns Chester kauften und ihn uns teilten.

„Im Stall sind ein paar Pferde krank, irgendeine Durchfall Geschichte, der Arzt war schon bei Chester, aber ich glaube er hat nichts abbekommen.", sagte Sonja und kaute dabei auf einem Stück Calamaris.

„Na hoffentlich, wann geht es denn am Sonntag mit der Jagd los?", fragte ich, während ich ebenfalls mit meinem Fisch beschäftigt war.

„Recht früh, am besten du bist gegen zehn da."

„Gut mache ich, ich fahre am Donnerstag nach Bayern, komme am Samstag aber zurück. Ich fahr kurz zu Irmgard, sie hat Freitag Geburtstag."

„Ist das nicht deine bekloppte Freundin, die im Irrenhaus sitzt?", das war Thomas, wie immer charmant und verständnisvoll.

„Thomas…!!",sagte Sonja vorwurfsvoll

„Was denn, stimmt doch, die ist doch durchgeknallt hast du uns erzählt."

Ich wurde nicht wütend, nicht auf Thomas diese Null.

„Nein", sagte ich „es ist kein Irrenhaus und sie sitzt auch nicht. Es ist ein Pflegeheim und sie geht auch schon noch umher. Und wenn ich Samstag wiederkomme bringe ich dir so einen Prospekt von dem Heim mit, damit du dich schon mal informieren kannst, weil, lange kann es ja nicht mehr dauern bis auch du…" hier unterbrach mich Sonja

„Hallo - ist gut jetzt, Thomas hat es nicht so gemeint."

„Der meint es immer so, weil er gar nicht anders kann. Der akzeptiert nur sich selbst", sagte ich laut und sah ihm hinterher, weil er aufgestanden war um sich einen Wein zu holen.

Da Sonja die Gabe hatte schnell und geschickt die Themen zu

wechseln verlief der Abend noch recht friedlich.

Aber wahrscheinlich auch nur deswegen, weil ich mich von der Gesellschaft zurückzog und nach vorne zur Leinwand ging um mich dort auf einen der Stühle zu setzten und der Musik zu lauschen. Auf dem Weg zur Leinwand kam ich am Kaiserschmarrenstand vorbei und erlag den Gerüchen.

Mit dem Teller auf dem Schoß hatte ich einen wunderbaren Abend.

Später als das Konzert zu Ende war, ging ich an unserem Tisch vorbei um zu sehen wer noch da war. Nur Sonja saß mit ein paar, mir fremden Menschen am Tisch und unterhielt sich gut.

„Was ist los, habe ich Thomas vergrault?"

„Nein" antwortete Sonja „das hier sind Peter und Konrad zwei Politikstudenten, die haben ihn in Grund und Boden argumentiert und dann ist er beleidigt abgezogen."

Ich schüttelte Beiden kurz die Hand und sagte „Freunde!!! Ich wünsche euch noch einen schönen Abend, ich fahre nach Hause, wir sehen uns Sonntag im Stall , ich freu mich darauf!"

Ich drehte mich um und ging zu meinem Rad.

Das ist das schöne an oberflächlichen Freundschaften, keiner jammert rum „ach bleib doch noch" oder ähnliches. Wenn man eine Entscheidung trifft wird sie widerspruchslos akzeptiert und keiner kritisiert den Lebensstil des anderen.

Ich fuhr den hell erleuchteten Ring hinunter. Vorbei an den großartigen Bauten wie das Parlament, die beiden Museen, die Oper und natürlich die Hofburg .

Alle in strahlendes Licht getaucht, ein wundervoller Anblick.

Beim Anblick der Hofburg freute ich mich auf den nächsten Tag.

Ich verdrängte mein Erlebnis vom Vormittag.

Ich fuhr über die immer noch sehr belebte Kärntnerstraße.

Obwohl es weit nach elf Uhr war, war hier die Hölle los.

Es war immer noch wahnsinnig warm und so zogen die unterschiedlichsten Leute über die Straßen.

Am Beginn der Kärntnerstraße, auf der Höhe des berühmten Hotel Sacher, spielte ein Duo Geige. Als diese Klänge leiser wurden und ich weiter fuhr, hörte ich an der nächsten Straßenecke jemanden singen. Und auf diesen Musiker folgte ein paar Meter weiter eine alte Frau die Saxophon spielte und so zog es sich über die ganze Länge der Straße.

Die Leute trugen verschiedene Kleidung.

Abendgarderobe diejenigen, die von einer Veranstaltung kamen, Jeans die, die so unterwegs waren wie ich, sexy angezogene Teens auf dem Weg in Kneipen oder Diskotheken, Touristen aus aller Welt mit Fotoapparaten und Kameras.

Japanerinnen in Kimonos, Inder in Saris, Russen in Pelzen, Deutsche in Socken und Sandalen, wenn sie die Welt sehen wollen, kommen sie nach Wien!

Am Stephansplatz angelangt, waren dort die jugendlichen Rapper und Tänzer die auf einem Stück Linoleum ihre akrobatischen Tänze aufführten.

Auf einem Sockel stand ein, als silberner Mozart verkleideter Mensch der sich nur kurz bewegte wenn man Geldstücke in seinen aufgestellten Deckel warf.

Und ihm gegenüber stand ein Clown, der den vorübergehenden Kindern die noch unterwegs waren, lange Luftballons aufblies und sie in verschiedene Formen quetschte.

Alles in allem, das übliche Treiben an einem warmen Sommerabend in Wien.

Für mich auf meinem Heimweg, ein natürliches, alltägliches Bild.

An der U-Bahn Station stand immer noch, oder schon wieder, Tuncay.

Der muß sich doch mal ausruhen. Das kann doch nicht sein das der den ganzen Tag da steht. Bei nächster Gelegenheit frag ich ihn mal.

Ich kam nach Hause, wusch mir noch mein Gesicht sorgfältig und cremte mich mit der neuen Wunderwaffe gegen Falten, dick ein. Eine Portion Augengel auf die Lider und eine andere Portion auf die untere Augenpartie. Dann noch eine Creme gegen Falten um die Mundwinkel. Eine feuchte Maske für „über Nacht" auf das Dekolltè, und schon war ich von Düften umgeben, bereit für die Nacht.

Nein nicht ganz, endlich im Bett liegend, holte ich vom

Nachttisch noch die Handcreme und schmierte mir die Hände samt Unterarme ein.

Dann noch etwas Lippenbalsam und endlich konnte ich mich zurücklegen auf mein flaches Kissen, denn hoch liegen macht Falten, und machte das Licht aus.

Meistens schlief ich sofort ein, Schlafprobleme kenne ich nicht.

Doch heute war ich, durch den blöden Spruch von dem Idioten Thomas, noch in Gedanken bei Irmgard.

Meiner Freundin die im Irrenhaus sitzt.

Ganz unrecht hat er da nicht, leider. Aber ich verteidige Irmgard wie eine Löwin ihr Junges.

Nun komme ich zu dem traurigen Kapitel Irmgard.

Irmgard Siegmüller, meine Schwester im Geiste.

Wo soll ich anfangen über Irmgard zu erzählen? Wir waren Nachbarskinder und doch so viel mehr.

Ich wurde am 24. Dezember geboren, ein Christkind wie Mama immer sagte und Irmgard im August. Da meine Mama alleine war hatten wir glücklicherweise guten Kontakt zu Familie Siegmüller.

Und durch Irmgard und mich wuchsen wir noch mehr zusammen.

Mama ging arbeiten, war durch ihren Modeljob auch oft über Nacht weg und so war ich sehr oft nebenan.

Und wenn Tante Inge und Onkel Horst etwas vorhatten, waren wir bei uns.

Wir hatten in beiden Häusern Kinderzimmer in denen je zwei Betten standen.

Wir waren, nein, wir sind eigentlich wie Geschwister.

Man könnte sagen wir waren sehr liebe Kinder, ruhig, friedlich und zurückhaltend.

Im Kindergarten und in der Grundschule hingen wir ständig aneinander, der eine war dem anderen genug. Als wir dann in die weiterführende Schule gingen und der Kontakt zu Mitschülern doch enger wurde, veränderte Irmgard sich.

Wie soll ich ihr Verhalten beschreiben? Sie war schon immer mein Schatten.

Auch ich wollte nie im Mittelpunkt des Geschehens sein, aber sie stand immer noch ein Stück hinter mir.

Ständig darum bemüht für mich da zu sein, sobald ich sie brauchte.

Sie brauchen… das ist wohl das was ihr zum Verhängnis wurde.

Sie musste gebraucht werden.

Wenn mir etwas hinfiel, sie hob es auf. Wenn mir etwas fehlte, sie hatte es ganz gewiß sofort zur Hand. Sie achtete sorgfältig darauf, das es mir an nichts fehlte.

Und das seit Beginn unseres Zusammenlebens. Es kam schon soweit, das wenn ich irgendetwas dringend verlangte, anstatt nach meiner Mama zu schreien, nach Irmgard rief.

Natürlich war das Ganze noch steigerungswürdig.

In der Pubertät begann ich ihr unterwürfiges Verhalten auszunutzen.

Wenn sie als Teenager jemanden gehabt hätten, der für sie lügt, die Schularbeiten macht, ihnen ständig Klamotten leiht, ihnen sogar die Türen aufhält und die Taschen trägt, hätten sie das nicht ausgenutzt?

Nur sehr lange machte mir das keinen Spaß. Ich begann meine Ausbildung und Irmgard wollte Krankenschwester werden.

Ideal, wie ich fand.

Was könnte sie bei diesem Helfersyndrom auch anderes machen.

Wir mussten uns natürlich trennen, ergibt sich so in diesem Alter.

Ich ging nach München und sie blieb in einem bayerischen Provinz Krankenhaus.

Das soll nicht abfällig klingen, aber so trennten sich unsere Wege auf die extremste Art.

Wir verloren nicht den Kontakt, aber er wurde geringer. So erfuhr ich oft nur von meiner Mutter über Irmgards Leben. Meine Mama war davon überzeugt, das es Irmgard nicht gut getan hat das ich wegging.

Seit dem wurde sie seltsam.

Sie begann mit sich selbst zu reden, hörte vermeintliche Stimmen, aber alles noch in einem Rahmen in dem man sie für schrullig hielt und nicht für verrückt.

Als sie ihren Dienst als Krankenschwester verrichtete, begann sie, sich um bestimmte Patienten mehr zu kümmern, als es ihrem

Arbeitgeber lieb war.

Sie war nur in dem Zimmer dieses Patienten, pflegte und umsorgte ihn über vierundzwanzig Stunden, ohne selbst an Schlaf zu denken, vernachlässigte ihre andere Arbeit und benahm sich sehr auffällig.

Irgendwann rief meine Mutter mich an und berichtete mir, das man Irmgard in eine Psychiatrische Klinik eingewiesen habe.

Sie sei völlig ausgerastet als man ihr den Patienten entlassen wollte, um den sie sich gerade so bemühte.

Der Patient war schon völlig gesund und sie kam trotzdem nicht aus dem Zimmer heraus.

Sie servierte ihm das Essen mundgerecht, las ihm aus der Zeitung vor und massierte ihm die Füße. Der ältere Herr genoß das natürlich sehr, aber Irmgards Kollegen und den Ärzten fiel ihr seltsames Verhalten auf und sie beschlossen ein ernstes Wort mit ihr zu reden.

Als man sie aus dem Patientenzimmer bat, flippte sie total aus.

Sie rief: „Überfall", Attentat" und rief die Wachen zu Hilfe.

Ihre Kollegen waren so entsetzt, das man sie mit Hilfe von Pflegern regelrecht wegschaffen musste.

Seit sie in dieser Klinik war, wurde es noch schlimmer. Sie begann mit nichtexistenten Personen zu sprechen, gleichzeitig war sie sehr abweisend zu allen Ärzten und Pflegern und ließ niemanden an sich heran.

Mama erzählt mir, das selbst ihre Eltern nicht zu ihr vordringen konnten.

Irmgard redete nur wirres Zeug wie: „...sie wird kommen, sie wird verstehen...", „...ein Leben lang und darüber hinaus..."

„...lasst mich zu ihr, sie ist hilflos ohne mich..."

Man vermutete das sie gedanklich in der Vergangenheit war und ihre Beziehungen zu den Patienten durchlebte. Denn immer waren ihre Gedanken davon besessen jemandem zu helfen und beizustehen.

Ich ließ damals natürlich alles stehen und liegen und fuhr sofort zu ihr in diese Klinik.

Als man mich zu ihr ließ, stand sie am Fenster eines Raumes und schaute nach draußen in den Garten. Sie sah sehr würdevoll aus, die Arme verschränkt, den Kopf nach oben gestreckt.

„Irmchen", rief ich . Sie drehte sich nicht langsam um, sondern sie schleuderte herum als sie meine Stimme hörte „Alli..." sie nannte mich immer Alli, sie kam langsam und mit ausgesteckten Armen auf mich zu, auch ich breitete meine Arme aus. Als sie bei mir angelangt war, sah ich den gequälten Ausdruck in ihrem Gesicht, der von zu viel Grübeln und zu wenig Schlaf herrührt.

Unsere Hände berührten sich und sie riß die Augen auf, fiel vor mir auf die Knie, umklammerte meine Beine, schluchzte und weinte „...endlich bist du da, endlich, wo warst du, warum bist du nur los geritten und hast nicht auf mich gehört? Ich wusste es würde etwas geschehen..."

Sie brach endgültig zusammen und wurde ohnmächtig.

Meine Mutter und ich saßen lange neben ihrem Bett, warteten darauf, das sie wieder aufwacht.

Irmgard öffnete irgendwann die Augen, schaute mich an und sagte:„ Alli - du hast es schon gesehen, oder?"

„Was habe ich gesehen?"

„Du weißt es noch nicht es ist noch zu früh und du verstehst noch nicht....!" , plapperte sie weiter.

Ich verstand überhaupt nichts.

Unendliche Traurigkeit erfasste mich, was war bloß passiert?

Sie wurde bis heute nicht mehr die alte Irmgard.

Wir besuchen sie regelmäßig, sie redet auch heute noch wirr, und wenn ich zu ihr gehe läuft es immer gleich ab.

Sie fällt mir vor die Füße und behauptet ich wüsste bescheid.

Jedes mal wenn ich wieder ging verfiel sie in Lethargie, berichtete mir Tante Inge und nach einer Weile, begann sie wieder mit Personen zu reden, die nur sie sehen und hören konnte.

Ich hatte das Gefühl, meine Besuche taten ihr nicht gut und so wurden sie immer weniger.

Ihre Eltern und ich mussten doch an ihrem Geburtstag bei ihr sein, jetzt da Mama auch nicht mehr war, gab es ja nur noch uns vier.

Soviel zu Irmgard, meiner Freundin, ja meiner Schwester, die tatsächlich im Irrenhaus sitzt und verrückt ist.

Dienstag

Dienstag morgen sechs Uhr zehn und die Woche nimmt kein Ende.

Ich hatte schlecht geschlafen und von Irmgard geträumt, wie sie hilflos nach mir rief und ich nicht für sie da war, ich wollte zu ihr.

Wirre Träume von meinem Spiegelbild und Irmgard hinter mir die ständig wiederholte :

„Du hast es gesehen, du verstehst jetzt…"

Oh Gott, was für eine Nacht.

Ich bin ein Frühaufsteher, Wasser trinken, Tee aufsetzen, Fenster auf, wieder Badezimmer, anziehen, noch mal Badezimmer, Tee trinken und wieder Badezimmer.

Meine diversen Cremes brauchen halt ihre Aufmerksamkeit.

Durch das Fenster fiel jetzt schon eine große Hitze herein.

Ich freute mich sehr auf diesen Tag in der Hofburg.

Leichte Kleidung war heute genau das Richtige, gestern war es in den Räumen sehr warm gewesen.

Mein üblicher Weg zur Arbeit, war nicht so verregnet wie gestern. Es war jetzt schon heiß, und Tuncay verkündete dies auch laut „Heute heiß, gestern Rege, was kome morge Schnee?"

Ich lachte und fuhr zur Werkstatt um mein Material zu holen.

An der Hofburg angekommen, stellte ich mein Fahrrad ab, nahm den Schlüssel zu der kleinen ehemaligen Lakaienstiege, den Herr Schmiedel mir ausgehändigt hatte, und betrat die Burg.

Dunkelheit, totale Dunkelheit, ich suchte nach dem Lichtschalter, fand ihn und ging den langen Flur hinab. Die Tür mit der Wendeltreppe stand weit auf.

Auf dem zweiten Absatz musste ich überlegen wie es weiterging.

Ich drückte eine Klinke, von der ich dachte das dies meine Tür zum Appartement der Kaiserin war, aber sie war verschlossen. Gut dann eben noch eine Tür weiter.

Die nächste Tür gab nach, sie gab nicht nur nach, sie wurde mir regelrecht aus der Hand gerissen, so das ich dachte, von der anderen Seite reißt sie jemand auf.

Genauso fühlte es sich auch an, als dann plötzlich ein eisiger Lufthauch an mir vorbeihuschte ‚einen Duft von Veilchen hinter sich herzog und ich den schimpfenden Satz „Gott - hat die wieder eine Laune…" vernahm.

Ich wurde richtig gegen die Wand im Wendeltreppenturm gedrückt.

Da hat wohl einer ein Fenster aufgelassen und in solchen Gemäuern zieht es ja ständig.

Es war erst halb acht, die Putzfrauen müssen hier sein.

Ich dachte Herr Schmiedel sagte, die kamen erst am Abend und ich wäre morgens eine gute Stunde allein, bevor die Führungen anfingen.

„Hallo - guten morgen", rief ich.

Eine ungeheure Hitze schlug mir entgegen als ich das Wohnzimmer der Kaiserin betrat. Kein Fenster stand auf, im Gegenteil, alles war verschlossen und die Fenster mit dunklen Stoffen verhangen, so das es unheimlich stickig war.

Sicher Absicht, wegen der kostbaren Gegenstände im Raum, die zwar Klimaanlage vertragen, jedoch kein Sonnenlicht.

Wo kam dann der Zug vom Treppenhaus her? Ich ging zurück und schloß die kleine Tür.

Kein Lufthauch und kein Veilchengeruch mehr.

Und die schimpfende Putzfrau muß durch eine andere Tür verschwunden sein.

Meine Werkzeugtasche stellte ich in die Ecke vor der Tür.

Tageslicht ist besser zum arbeiten, deshalb suchte ich nicht erst nach einem Lichtschalter, sondern ging auf eines der Fenster zu, zog die schweren Vorhänge zur Seite und schaute auf den Burghof hinab.

Dort liefen schon die ersten Touristen mit der Kamera an dem Denkmal in der Mitte vorbei, aber auch Wiener, in schicken

Anzügen die auf dem Weg zur Arbeit, die Abkürzung durch die Burg nahmen.

Ich zog auch die anderen Vorhänge zurück und war so dreist, ein Fenster zu öffnen, denn ich hatte das Gefühl zu ersticken.

Und jetzt an die Arbeit, ehe die Spanier, Franzosen, Engländer und Japaner mir über die Schulter gucken.

Da stand die schöne, weiße Kommode und wartete auf mich.

Ich setzte mich im Schneidersitz davor, breitete mein Werkzeug um mich herum aus und begann mit meiner Arbeit.

Einige Minuten widmete ich mich ganz dem Möbelstück, bis ich plötzlich merkte, das mein Blick immer wieder zu der versteckten Tür in der Wand gegenüber abschweifte.

Nein, da gehe ich jetzt nicht hinein, die Angestellten der Burg kamen sicher gleich um sie zu öffnen, das ist nicht meine Aufgabe.

Weiter arbeiten.

Ich schaffte es nicht.

Ich weiß nicht was mich dorthin zog, Neugier?

Ich musste mal aufstehen und die Beine strecken, sagte ich mir, ich werde mich gleich wieder an die Arbeit machen, versprach ich mir selber.

Keine weitere Ablenkung mehr.

Auf dem Weg zur Badezimmertür fiel mein Blick auf das Klettergerüst an der Wand.

Einen weiteren Blick schenkte ich den Ringen an der Zwischentür.

Ja, ja , die Kaiserin muß sehr sportlich gewesen sein, denn diese Turngeräte gehörten ihr.

Wie man sie wohl benutzt?

Ich traute mich nicht die Ringe herabzulassen, ich wollte nichts kaputtmachen und so ging ich zielstrebig auf die Kletterwand zu.

Mich überkam eine ungeheure Lust daran herum zu turnen.

Vergessen war die Kommode und meine Arbeit daran.

Ich zog meine Schuhe aus, hängte mich in die Sprossen und machte Sit-Ups an dem Gerüst.

Es fiel mir sehr leicht, ich fühlte wie mein Körper sich spannte und sich schlanker anfühlte als sonst. Ich war wie in Trance und machte immer weiter.

Dann plötzlich war wieder dieser Lufthauch hinter mir und eine Stimme die sagte:

„Alli - wir müssen los, sie warten auf dich..,"

Ich drehte mich herum und hinter mir stand eine lächelnde Frau mit einem Umhang in der Hand, das Gesicht aus dem Spiegel !

Vor Schreck verloren meine Füße den Halt, rutschten aus den Sprossen und ich landete mit einem ziemlichen Knall auf meinem Rücken.

Als ich nach oben sah, stand die lächelnde Frau immer noch da und öffnete den Mund um etwas zu sagen, doch plötzlich wurde die große Eingangstür aufgerissen und ein Rudel Engländer fiel schwatzend in den Raum ein.

Die Frau drehte sich erschrocken um und verschwand.

Sie ging nicht etwa durch eine Tür hinaus oder ins Badezimmer, nein…sie verschwand, vor meinen Augen, einfach so, löste sich in Luft auf.

Die Hofburgführerin begann mit ihrem Vortrag, zeigte kurz auf mich und mein Werkzeug, um mich anschließend zu ignorieren.

Ich rappelte mich auf und ging verstört zur Kommode zurück.

Die Führerin kam hinter die Absperrung um die Badezimmertür zu öffnen, damit die Besucher dort hineinsehen konnten.

„Guten Morgen, sie sind doch die Restauratorin die uns angekündigt wurde? Was ist passiert, kann ich ihnen helfen? Haben sie geturnt und sind hingefallen?", fragte sie lachend.

„Wie die Kaiserin daran geturnt hat, frage ich mich schon lange, wir haben es auch alle versucht, aber vergeblich. Wir sehen uns später noch, bis dann!"

Ich nickte, grinste sie an und wollte mich wieder an meine eigentliche Aufgabe begeben.

Aber es ging nicht, denn dieses Erlebnis war nicht mehr zu ignorieren.

Gestern das schob ich auf den Mangel an Essen und Trinken, aber heute…ich saß wie betäubt vor der Kommode und mein Rücken tat weh.

Nicht nur mein Rücken, auch mein Bauch brannte, von den vielen

Sit-Ups die ich gemacht hatte.

Das war mein untrainierter, dicklicher Körper nicht gewöhnt.

Ich wunderte mich, das ich das so durchgehalten hatte.

Diese Frau, das Gesicht das mir so bekannt vorkam, die Stimme, und sie nannte mich Alli...das kann doch nicht sein.

Werde ich verrückt wie Irmgard?

Wir sind zwar wie Schwestern, haben aber nicht dasselbe Blut, das kann es also auch nicht sein.

Aber vor mir hatte sich gerade jemand aufgelöst der zuvor mit mir gesprochen hatte, das war eine Tatsache.

Ich brauchte eine Zigarette.

Ich erwähnte noch gar nicht, das ich seit drei Tagen nicht mehr rauche.

Ich habe nie viel geraucht, ab und zu eine am Abend nach dem Essen, aber es fehlte mir auch nicht wenn ich drei Tage nicht rauchte. Aber jetzt...was zu viel ist, ist zu viel.

Ich ging hinunter in den Burghof, setzte mich auf den Sockel des Denkmals und machte mir die Zigarette an. Dabei starrte ich wie gebannt hoch auf die Fenster zu den Räumen, aus denen ich gerade kam.

Ich war weder müde, noch hungrig oder überarbeitet, ich konnte mir das alles nicht erklären.

Ich saß da und rauchte, als eine mir bekannte Weste vorbei ging.

„Hallo Herr Knütter, guten Morgen!"

„Ach - guten Morgen Alice, wie - schon Pause, seit wann bist du denn schon hier?"

„ Seit halb acht, aber da oben ist eine Luft wie im Pumakäfig, da musste erst mal Sauerstoff rein. Aber die Kommode ist auch schnell fertig. Morgen habe ich noch den Tag, dann habe ich ja die zwei Tage frei. Ich schätze Ende nächster Woche bin ich mit dem Möbelstück fertig und kann ihnen im Dorotheum weiterhelfen."

„Ja, fein. Du fährst Donnerstag nach Bayern?", fragte er und setzte sich neben mich auf den Sockel.

„Mmh, ja, wird mal wieder Zeit zu Irmgard zu fahren, habe schon ein schlechtes Gewissen."

„Quatsch, sie freut sich sicherlich dich zu sehen."

„Ja, die Freude kenne ich, ist mir aber langsam peinlich, wenn sie sich jedes mal auf den Boden wirft. Möchte nicht wissen was die Pfleger von mir halten."

„Du stehst das durch, ich bin jetzt wieder drüben in der Werkstatt und fange mit den alten Tischen an, wir sehen uns und ruf an wenn irgendwelche Fragen auftauchen, ok?"

„Ja sicher, ich gehe jetzt wieder hoch, der Tag ist noch lang, ich kann noch gut was schaffen."

Wir hüpften beide von dem Sockel und gingen in verschiedene Richtungen davon, Herr Knütter ging aus dem Burgtor in Richtung Innenstadt und ich verschwand durch meine kleine Pforte ins Innere der Burg.

Als ich in das Zimmer kam, war die Luft wesentlich besser, so setzte ich mich vor die Kommode und begann zu arbeiten.

Ab und zu kamen Führungen an mir vorbei, doch ich lernte schnell die Leute zu ignorieren und arbeitete fleißig bis zum Abend, ohne von irgendwelchen Geisterfrauen gestört zu werden.

Der Abend verlief völlig ereignislos.

Meine Beine waren wie Gummi und meine Muskeln verspannt.

Da man vor so einem Möbelstück nicht gerade bequem sitzt und sehr angestrengt arbeitet, passiert das schon mal.

Ich war deshalb sehr müde, so fuhr ich nicht mehr zum Rathhausplatz, außerdem versprach der Himmel wieder ein paar Regenschauer.

An der Pizzeria kurz vor dem Stephansplatz machte ich Halt, bestellte mir zwei Stücke Pizza auf die Hand und setzte mich auf eine der vielen Bänke die auf der Kärntnerstraße stehen.

Von dieser Bank aus konnte ich die halbe Straße überblicken.

Viele Menschen waren noch unterwegs, obwohl die Geschäfte längst geschlossen waren.

Menschen mit Einkaufstüten, welche mit Aktentaschen, die mit den Foto und Videokameras, Menschen in Freizeitdress und solche die auf dem Weg zu einer Veranstaltung schon Abendgarderobe trugen. Das übliche Wiener Bild also.

Ich war wirklich erledigt von der Arbeit und hatte wieder einen fast zwölf Stunden Tag hinter mir, aber ich wollte noch viel an der

Kommode schaffen, bevor ich Donnerstag nach Bayern fuhr.

So saß ich auf der Bank, starrte vor mich hin und kein böser oder beunruhigender Gedanke schoß mir durch den Kopf.

Eigentlich hätte ich genug Denkmaterial gehabt, denn meine Erlebnisse in der Hofburg waren ja alles andere als normal.

So streifte hin und wieder ein Gedankenfetzchen mein Hirn, aber ich ließ mich nicht länger darauf ein.

Warum auch immer.

Hatte ich Angst darüber nachzudenken?

Oder erschien mir das Erlebte einfach nicht als unnormal?

Ich dachte viel an Irmgard, wahrscheinlich um mich von meinem eigenen Irrsinn abzulenken.

Ein wenig blieb ich noch auf der Bank sitzen und schaute die Menschen an, stand langsam auf und schob mein Rad in Richtung nach Hause.

Zwischen Bank und zu Hause gab es noch einen Eismann an dem ich selten vorüber kam ohne mir ein Schokoladeneis zu kaufen, aber dann begann es leicht zu regnen und mein Bett rief nach mir.

In meinem Badezimmer, bei meinen Freunden von Chanel, Clarins, Givenchy und Co fühlte ich mich gleich geborgen und absolut reif für das Bett, obwohl es noch sehr früh am Abend war.

Wenn ich mich abends ins Bett lege, lese ich meistens noch etwas.

Meistens eine Fachzeitschrift oder Farbbände von Landhäusern und deren Einrichtung, manchmal auch schon die Zeitung vom nächsten Tag, die man bei Tuncay schon am Abend bekommt.

Heute Abend, im Bett liegend, fiel mir nur ein, das ich schon wieder vergessen hatte, ein Buch über die Kaiserin zu kaufen.

Mittwoch

Dieser Tag begann wieder schön warm, ohne Regen und Sturm, der einem morgens schon die Tränen in die Augen treibt.

Nach meinem Morgenritual hatte ich das Gefühl, das ich mich langsam mal wieder an gesundes Essen annähern sollte.

Auf dem Weg zur Hofburg hielt ich am Supermarkt Billa und kaufte mir belegte Semmeln für den ganzen Tag, preßte mir dort frischen Orangensaft und nahm auch noch einen Obstsalat mit.

Allerdings fiel mir auf dem Weg zur Kasse noch ein Paket Manner Schnitten, eine Spezialität Wiens in hübscher rosa Verpackung, in die Hände, von denen ich gleich mehrere kaufte, in Gedanken an Irmgard, die diese Waffeln so gerne aß.

So hast du sie schon mal gekauft, dachte ich, und musst sie nicht morgen noch schnell am Bahnhof holen.

Eigentlich war mir da schon klar, dass die Hälfte der Waffeln diesen Tag nicht überleben würde.

Da ich heute nicht ganz so früh an meinem Arbeitsplatz war, war ich auch nicht alleine.

Der Burghof war schon sehr belebt und auch in der Burg waren einige Menschen unterwegs.

So begann ich meine Arbeit an der schönen, weißen Kommode.

Ich weiß nicht was ich erwartete, ob ich überhaupt irgendetwas erwartete, oder ob es einfach passierte.

Denn ich verspüre in den Räumen der Kaiserin nie auch nur das geringste Unbehagen, immer fühlte ich mich sicher und völlig angstfrei.

Aber ich fühlte mich anders.

Ich weiß nicht wie anders, aber immer ein bisschen größer.

Größer? Ja, irgendwie größer, ich weiß nicht wie ich es sonst beschreiben soll.

Meine Aura verstärkte sich.

Ich ging nicht durch den Raum, ich schritt durch ihn hindurch, ich setzte mich nicht vor die Kommode, ich ließ mich nieder, ich stand nicht wieder auf, nein, ich erhob mich.

Ich veränderte mich in diesen Räumen der Kaiserin, oder veränderte sich der Raum?

Wie schon gesagt, ich hatte nicht das Gefühl das diese Erlebnisse mich irgendwie beunruhigen sollten, ich nahm sie einfach hin.

Nichts daran machte mich auch nur im geringsten nervös.

Meine mitgebrachten Semmeln schmeckten mir nicht.

Mir schmeckte etwas nicht!!!

Wenn mir etwas nicht schmeckte, dann war ich krank oder das Essen bestand aus Leber, gebratenem Hirn oder sonst etwas abartigem.

Aber eine lecker belegte Semmel und Schokoladenwaffeln in meiner Hand und mein Mund kaute nur widerwillig, das gab es im Normalzustand nicht.

Jeden Bissen den ich kaute fühlte ich den Hals hinunterrutschen und mir anschließend im Magen liegen.

Himmel für diesen Bissen müsstest du jetzt dreimal die Stiegen hinauf und wieder hinunterlaufen.

Das war auch ein Gedanke den ich von mir nicht kannte.

Kalorienzufuhr war mein Hobby und mit Kalorienabbau wollte ich eigentlich nichts zu tun haben.

Dann hatte ich noch ständig das Gefühl zu ersticken, wenn keines der Fenster sperrangelweit offen stand.

Durch meine Arbeit an öffentlichen Plätzen war ich daran gewöhnt, das mir Leute zuschauten, aber hier in diesem Raum hatte ich das Bedürfnis die Menschen hinauszuwerfen.

Ich wurde regelrecht wütend wenn wieder eine Gruppe den Teil hinter der Absperrung betrat, sich umsah als ob sie in einem Zoo wären und sich die wilden Tiere betrachteten.

Mein Gott, haben die noch nie eine Wohnstube und ein Badezimmer gesehen?

Sind die Ringe und die Kletterstange eine so große Seltenheit?

Und sie verdrehten sich die Hälse bei dem Versuch, die aufgestellten Bilder auf den Schränken und an der Wand zu sehen.

Was gehen sie die Bilder an? Sie kennen die Personen auf den Fotos doch überhaupt nicht.

Und so ging es den ganzen Tag.

Diese Gedankengänge waren mir aus meinem Leben außerhalb der Hofburg nicht bekannt.

Manchmal wunderte ich mich nur über mich.

Zu jedem dieser fremden Menschen hätte ich gerne einen lauten Kommentar abgegeben.

Was das Äußere betrifft oder die Art zu gehen und zu reden.

Zu fast jedem hätte ich gerne eine spöttische Bemerkung gemacht.

Ich bin zwar ein sehr sarkastischer Mensch aber, wie ich meine, nie grundlos.

So verbrachte ich den Tag.

Zum größten Teil mit Arbeit, aber immer wieder unterbrochen von eigenartigen Veränderungen in meinem Inneren.

Ich fühlte mich sehr wohl in der mir fremden Rolle.

Später am Tag, als ich der Meinung war, die Kommode käme jetzt ein paar Tage ohne mich zurecht, packte ich meine Arbeitstasche zusammen und wollte die Burg verlassen, als mich jemand rief.

„Hallo Frau…, ich weiß gar nicht ihren Namen."

„Hohenembs, Alice Hohenembs."

Eine der Hofburgführerinnen kam auf mich zu und sah mich fragend an.

„Woher kenne ich ihren Namen? Stammen sie aus einer berühmten Wiener Familie?"

„Nein, sicher nicht. Ich komme ursprünglich aus Bayern, aus einer gänzlich unbekannten, natürlich sehr gut aussehenden aber wahrscheinlich unbedeutenden Familie", antwortete ich sarkastisch und musste mich wieder über meinen leicht amüsierten Ton wundern.

„Irgendwo hab ich ihren Namen schon mal gehört. Na ist jetzt auch egal, fällt mir irgendwann wieder ein, ganz bestimmt.

Aber weshalb ich sie anspreche, Herr Schmiedel sagte mir, sie wollten sich schon immer einmal die anderen Appartements anschauen die noch zu besichtigen sind. Sie sind jetzt seit drei Tagen nur in diesem Zimmer gewesen, sind sie nicht neugierig?"

„Ja schon, ich kann ja nächste Woche einmal mit ihnen mitgehen wenn es Recht wäre."

„Das wäre mir auch Recht, klar, aber sie können gerne jetzt bevor sie nach Hause gehen, selbst eine Runde gehen. Sie wären völlig ungestört, da wir für Besucher schon geschlossen haben, ich kann zwar nicht mitgehen, wir haben jetzt eine Besprechung, aber ich komme nach und schließe dann ab. Und sie können gerne auch hinter die Absperrungen gehen, bei ihrer Erfahrung mit alten Möbeln mache ich mir da keine Gedanken."

„Das ist ja nett von ihnen, das Angebot nehme ich sehr gerne an."

Also zog ich los, meine Werkzeugtasche ließ ich zurück und ging in das angrenzende Zimmer.

Am Ende des Flures sah ich eine Statue stehen, die mich magisch anzog.

Die Räume bis hin zu dieser Statue waren interessant aber ich ging langsam bis zum Ende des Ganges, die Holzdielen knarzten unter meinen Schritten.

Das war eine Statue der Kaiserin.

Sie war viel größer als ich, in einem Kleid das aussah als würde es sie einschnüren. Elegant zusammen gefaltete Hände und eine Haarkrone auf dem Kopf.

Mein Gott was für eine Erscheinung und das in Marmor oder was auch immer. Wie muß sie erst in Wirklichkeit gewirkt haben?

Himmel, war sie schlank.

Ich ging weiter in einen Empfangsraum und einen Speisesaal, wobei mir einfiel, das ich, außer dem Obstsalat noch nichts gegessen hatte.

Und beim Anblick dieses, wenn auch nur künstlich gedeckten Tisches, verging mit schon wieder der Appetit.

Noch weitere Räume folgten, aber dann war ich am Ende der Schauräume angekommen.

Also ging ich wieder zurück, es muß ja noch mehr geben, das konnte ja nicht alles gewesen sein.

Vorbei an der Statue die mich ungeheurer faszinierte, ging ich in das Schlafzimmer der Kaiserin zurück. Meine Arbeitstasche stand natürlich noch immer neben der Kommode aber sie wirkte fehl am Platz.

Ich bog rechts um die Ecke und gelangte in weitere Zimmer, die auch eingerichtet waren wie gemütliche Wohnräume in denen man sich hätte wohl fühlen können.

Irgendwie wurde es wärmer, ein anderer Geruch hing in der Luft, nicht so frisch und blumig wie in den Räumen der Kaiserin.

Hier roch es herb nach Holz, aber das musste Einbildung sein

Ein Arbeitszimmer folgte und an der Wand hing das wohl berühmteste Bild von Winterhalder, welches die Kaiserin mit offenem Haar zeigte.

Wie überwältigend schön. Klar, wenn ich so ausgesehen hätte und dieses Haar gehabt hätte, dann würde ich mich auch auf Leinwand bannen lassen.

Ob der Herr Winterhalder ihr nur geschmeichelt hat oder sah sie tatsächlich so aus?

Dieses Bild sah man in ganz Wien, auf Poster, Postkarten und auf jeder Art Kitsch den man sich nur vorstellen kann.

Aber wenn man dann das Original sieht, ist man ergriffen von der Ausstrahlung dieser Frau.

Ich ging in das nächste Zimmer, der Holzgeruch wurde abgelöst von starkem Zigarrengeruch der in alle Möbel und Vorhänge gezogen war.

Ein Schlafzimmer, mein Blick fiel auf ein riesiges Bett mitten im Raum, zugedeckt mit einer überdimensionalen Bettdecke aus dunkelrotem Samt.

Mich schauderte.

Da man es mir ja erlaubt hatte, überkletterte ich die Absperrung die aus einem dicken Seil bestand und trat auf das Bett zu. Ich ging herum und setzte mich auf die Seite.

Sofort sank ich tief in die Matratze ein.

Ich schloß einen Moment die Augen und sog den Geruch ein, den die Decken abgaben. Nicht muffig und staubig, sondern angenehm rein und duftend.

Aber plötzlich erfasste mich ein Fluchtgefühl.

Nichts wie raus hier und zurück zu meinem Zimmer.

Ich wollte aufstehen, aber die Matratze war so weich, das ich wie ein Käfer auf dem Rücken lag und nur mit großen Problemen wieder zum sitzen kam.

Ich stand auf und suchte nach einem Morgenmantel.

Du bist ohne Mantel gekommen.

Aber wie komme ich jetzt ungesehen wieder zurück, das geht doch nicht.

Ich stand auf und sah zum Fenster, es war dunkel, was nicht sein konnte. Es war Sommer und keine fünf Uhr.

Die Absperrung war weg.

Ich ging zum Fenster, da ich im Hof militärisches Geschrei hörte und wollte nachsehen was dort los war.

Nein, ich ging nicht, ich schritt, ohne durch eine Absperrung aufgehalten zu werden, zum Fenster und blickte in den Hof.

Dort liefen Soldaten in alten Uniformen auf und ab und noch bevor mein Verstand sich einschalten konnte, was er in diesen, sich vermehrenden, seltsamen Situationen ja nie zu tun scheint, spürte ich hinter mir eine Bewegung.

Ich wurde von hinten an beide Oberarme gefasst.

Nicht unsanft, sondern sehr vorsichtig, als würden sie sonst zerbrechen, wurden meine Arme gestreichelt.

Zigarrengeruch lag in der Luft.

Ich drehte mich langsam um und wusste genau was mich erwartete.

Ein Mann stand vor mir, in einem Morgenrock, er war viel kleiner als ich, bestimmt gut fünf bis acht Zentimeter, er trug einen Backenbart und lächelte mich verliebt an.

Der Kaiser. Ganz eindeutig, der Kaiser.

Er begann seinen Mund zu bewegen und mit mir zu reden, doch wie bei der Frau im Spiegel verstand ich kein Wort.

Es amüsierte mich.

Ich werde dich nie verstehen, dachte ich.

Nicht nur akustisch sondern allgemein, ich werde dich nie verstehen.

Ich fuhr ihm zärtlich mit einer Hand, die wieder nicht meine war, über das Gesicht und dachte oder sagte:„Armer, verliebter, kleiner Esel."

Zu einem Kaiser sagte ich Esel?

Hinter ihm blickte ich auf das Bett, es war aufgeschlagen, weiße Laken waren zu sehen, keine rote Überdecke.

Jetzt bekam ich solche Fluchtgedanken, das ich mich von ihm losmachte und verschwinden wollte, so schnell es nur ging.

Ich sauste auf die Türe zu, die eben noch groß aufstand aber jetzt geschlossen war. Ich griff an die übergroße Klinke und riß sie auf.

Im Laufen merkte ich wie leicht ich war. Keine plumpen Schritte, mein Gewicht hatte sich halbiert. Ich konnte höchstens fünfzig Kilo wiegen, so leicht wie ich mich anfühlte.

Ich lief weiter auf meine Zimmer zu und dort angekommen blickte ich mich um als würde ich nach jemandem suchen.

Alle Türen die zuvor weit auf standen waren jetzt geschlossen, meine Arbeitstasche war verschwunden und jemand hatte auf die Kommode einen frischen Strauß weißer Rosen gestellt.

Eine Tür ging auf und die Frau aus dem Spiegel trat ein.

Sie breitete die Arme aus, lächelte mich traurig an und ich bekam den unheimlichen Drang mich von ihr in die Arme nehmen zu lassen und mich bei ihr auszuweinen.

Ich schritt auf sie zu mit dem Gefühl nach Hause gekommen zu sein, als hinter mir die Türe aufflog und mich ein kalter Luftzug traf.

Die Frau vor mir verschwand wieder und ich drehte mich, um den Störenfried gehörig die Meinung zu sagen, als mir schwindelig wurde und ich zu Boden sank.

Als ich wieder zu mir kam und hochblickte sah ich in das Gesicht der Hofburgführerin.

Sie half mir auf die Beine, die sich gar nicht mehr leicht anfühlten, sondern so wie ich sie kannte, klein, kurz und etwas rundlich.

„Was ist passiert, habe ich sie erschreckt? Sind sie gestolpert?"

„Ja, ja…"

Ich sah mich um. Die Türen waren wieder geöffnet, meine Tasche stand auf ihrem Platz und der Strauß Rosen war verschwunden.

„Haben sie sich alles alleine angeschaut, oder sollen wir zwei noch einmal zusammen durchgehen?"

„Nein, nein ,"sagte ich schnell „ich muß weg, vielleicht ein anderes Mal gerne"

„Gut, dann bis nächste Woche, bis dahin ist mir auch sicher eingefallen woher ich ihren Namen kenne."

Meine Arbeitstasche klemmte ich mir unter den Arm, winkte der jungen Frau und stolperte durch die Tür ins Stiegenhaus, runter in den Hof.

Dort angekommen setzte ich mich auf einen kleinen Vorsprung in der Mauer, holte meine Zigaretten raus und steckte mir mit fahrigen Handbewegungen eine an.

Ich möchte nicht sagen, das ich verwirrt war über das eben erlebte.

Ich war eher sauer, das man mich unterbrochen hatte, als ich dieses Gefühl des nach hause kommens gespürt hatte.

Ich bekam Hunger, gnadenlosen Hunger. Die Appetitlosigkeit die ich den ganzen Tag in der Burg verspürt hatte, war hier draußen an der frischen Luft weg.

Meine Semmeln vom Morgen lagen noch in der Tasche, sahen aber nicht mehr lecker aus. Selbst die Manner Schnitten waren noch da, unberührt, ich stopfte mir fast eine ganze Packung davon in den Mund.

Kauend stieg ich auf mein Rad und fuhr durch das hintere Burgtor hinaus in Richtung Rathhausplatz.

Ich futterte mich durch ganze vier Stände. Mexikanisch, griechisch, italienisch und chinesisch.

An unserem Treffpunkt war niemand, darüber war ich sehr froh, denn reden wollte ich jetzt nicht wirklich.

Ich fuhr durch die Stadt nach Hause, kehrte noch in verschiedene Geschäfte ein.

Natürlich meine Parfümerie, ein Schuhgeschäft, diverse kleine Boutiquen und zum Schluß eine Buchhandlung

Den ersten Verkäufer der mir über den Weg lief sprach ich an:

„Ich hätte gerne eine Biographie über die Kaiserin Elisabeth."

„Ha, ha, ha,"lachte er erst einmal eine ganze Weile „welche von den Millionen möchten sie den gerne haben?"

„Das sollen sie mir sagen, die beste, korrekteste, ausführlichste und dickste hätte ich gerne bitte."

Er gab mir ein Taschenbuch, eng beschrieben, mit Bildern, Zeittafeln und etwa sechshundert Seiten dick.

Ohne groß darin zu blättern oder nachzufragen ging ich damit zur Kasse.

Es war ja noch früh am Abend und ich überlegte ob ich noch zum Bahnhof radeln sollte, um mir meine Fahrkarte für den nächsten Tag zu besorgen.

Und meine Freßorgie vom Rathausplatz verlangte nach Bewegung.

So radelte ich über die Maria - Hilfer Straße hinauf zum Bahnhof.

Diese Straße ist sehr belebt, aber jetzt da die Geschäfte geschlossen waren, wurde meine Fahrt nicht sehr behindert.

Es ging stetig etwas bergauf und meine Beine wurden arg beansprucht, aber gut so.

Am Westbahnhof nahm ich mein Fahrrad mit in die Halle, denn hier konnte man ein Rad nicht so einfach stehen lassen. Das Publikum hier am Bahnhof ist nicht das Beste, aber das ist wohl an jedem Bahnhof in der Welt so.

Viele Touristen waren noch unterwegs, ich stellte mich an den Schalter und kaufte meine Karte.

Auf dem Rückweg durch die Halle, begegnete ich wieder der Kaiserin.

In Form einer bronzenen Statue, stand sie in der Nähe eines Ausganges.

Diese Abbildung der Kaiserin hatte nichts mit der in der Hofburg gemeinsam.

Die hier im Bahnhof war noch ein Kind, das mir unbekannt und unbedeutend erschien.

Ich ließ sie hinter mir und fuhr den gleichen Weg den ich gekommen war wieder zurück, diesmal bergab, sehr erholsam für meine nicht vorhandenen Muskeln.

Auf Höhe des Ringes traf ich zufällig auf Sonja, die auf dem Weg zum Rathhauplatz war.

„Hallo Alice, du siehst aber fertig aus."

„Immer charmant und ehrlich, so kennen wir unsere Sonja. Aber du könntest Recht haben"

„Entschuldigung, war nicht so gemeint, wohin willst du?"

„Nach Hause, mir reicht es für heute, bin froh morgen mal nach Bayern zu fahren und mich dort etwas umsorgen zu lassen. Obwohl wenn ich mal nichts zu essen bekäme täte mir das ganz gut."

Sie blickte in meine geöffnete Tasche und sah die Biographie der Kaiserin Elisabeth.

„Hey, hast du dich endlich entschlossen etwas über unsere Sisi zu erfahren?"

„Ja, ich hätte da gleich mal ein zwei Fragen an dich. Was weißt du, als echte Wienerin, über ihr Leben?"

„Soviel wie nötig und so wenig wie möglich. Ich glaub sie war eine Zicke und ist nicht besonders alt geworden, irgendjemand hat sie umgebracht. Aber muß ich dir das alles jetzt erzählen? Jahrelang hat es dich nicht interessiert, warum auf einmal? Ich würde dich ja fragen ob du noch einen Wein mittrinken kommst, aber ich bin mit einem Mann verabredet der meine ganze Aufmerksamkeit erfordert!", sie zwinkerte mir zu und ich verstand.

„Danke, für die ausführliche Information, ich halte mich dann doch besser an das Buch. Viel Spaß noch und tue nichts was ich nicht auch tun würde."

„Na toll, dann wird der Abend ja super spannend…wir sehen uns am Sonntag im Stall!"

Wir lachten und ich bestieg mein Rad.

Zu Hause hatte ich alle Fenster offen gelassen, denn im vierten Stock konnte niemand hineinklettern, so war meine Wohnung schön gelüftet.

Gegenüber spielte jemand Klavier. Die Wohnung gegenüber im Haus war alle paar Monate an einen anderen Künstler vermietet und zur Zeit wohl an einen Klavierspieler. Im letzten Winter war dort wohl ein Musicaldarsteller untergebracht, so das ich gar nicht in die Vorstellung zu gehen brauchte, da ich das komplette Stück bereits kannte und zwar auswendig!

Nachdem ich mich geduscht und gesalbt hatte, packte ich noch meine Reisetasche, legte mich auf mein Bett und wurde sofort an

ein anderes Bett erinnert in dem ich heute gelegen hatte.
Ich griff nach dem Buch in meiner Tasche.

„Elisabeth - Kaiserin wider Willen"

Wider Willen? Wie sie wollte gar nicht Kaiserin sein?
Ich schlug das Buch auf, nach ein paar Zeittafeln die ich überging,
begann ich zu lesen:
„Gegenstand dieser Biographie ist eine Frau, die sich weigerte,
sich ihrem Stand gemäß zu verhalten…."

Donnerstag

Ich war gestern so müde das ich sofort eingeschlafen war.

Das Buch war mir aus den Händen gerutscht und lag nun neben mir.

Ich wollte im Zug weiter lesen. Die Fahrt dauerte etwa drei Stunden und außer währenddessen zu essen, fiel mir nichts Sinnvolles ein.

Als ich mich duschte und mir die Haare wusch, dachte ich an die Kaiserin.

Diese Haarpracht auf dem Kopf, wie hatte sie die nur gewaschen?

Die verfangen sich doch überall und wie hat sie die nur getrocknet?

Ob die Antwort darauf in dem Buch zu finden war?

Mit meinen war ich schnell fertig, so fein, fusselig und kurz, waren sie schon trocken bevor ich mit eincremen fertig war.

Zum Bahnhof fuhr ich mit der U- Bahn.

Bei Tuncay deckte ich mich mit Zeitschriften ein und war überpünktlich, wie es meine Art war, am Westbahnhof.

Es gab dort einen Supermarkt der wahrscheinlich rund um die Uhr geöffnet hatte.

Auch dort kaufte ich noch ein paar Zeitungen und vor allem wanderte jede Menge Süßes in die Seitenbeutel meiner Reisetasche.

Schokolade, Manner Schnitten, Weingummi und meine Veilchenpastillen ohne die ich gar nicht leben kann, auch wenn ich das bis hier her noch gar nicht zugegeben habe, ich bin süchtig nach den Dingern.

Das Geschenk für Irmgard hatte ich eingepackt unter dem Arm.

Es war ein Riesengroßer Bildband über die ungarische Landschaft, den ich gestern bei meinem Besuch in der Buchhandlung entdeckt hatte.

Irmgard freute sich über nichts was man ihr schenkte wirklich, sie betrachtete alle Mitbringsel eine Weile und ließ sie dann unbeachtet irgendwo liegen.

Daher hatten wir es aufgegeben ihr etwas mitzubringen, aber es war mir zu traurig erschienen, an ihrem Geburtstag ohne ein Geschenk aufzutauchen.

Der Zug war sehr voll. Ich saß am Fenster in Fahrtrichtung und schaute auf die Landschaft. Die Zeitungen und Zeitschriften legte ich auf den Platz neben mir.

Aber wie immer, wurden auch diese Plätze irgendwann besetzt.

Ich fahre gerne mit dem Zug, aber die anderen Fahrgäste sind ein Grauen für mich. Ich kann es nicht leiden die verschiedenen Gerüche der fremden Menschen so dicht neben mir zu spüren und mich auch noch mit ihnen unterhalten zu müssen.

Denn den meisten Leuten ist es im Zug langweilig, so das sie glauben Mitfahrende zutexten zu müssen. Ich mag das nicht.

Am liebsten hätte ich einen Wagen ganz für mich alleine, dann wäre Bahn fahren die beste Fortbewegungsmöglichkeit.

Ich kann Auto fahren, das Auto meiner Mutter hatte ich im letzten Jahr der Familie Siegmüller geschenkt, da ihres kaputt gegangen war.

Ich brauchte keinen Wagen. In Wien fuhr ich Rad und sonst mit dem Zug.

Ich reise eigentlich sehr gerne.

Wenn es meine Zeit erlauben würde, wäre ich noch viel öfter und länger unterwegs. So beschränkte ich mich auf Städtetouren, ab und zu mal ein Urlaub an einem warmen Strand, meistens auf Fuerteventura oder Mallorca, was gerade im Reisebüro angeboten wurde.

Jetzt im Zug nach Bayern, las ich meine Modezeitungen um zu erfahren was es neues an Kosmetikprodukten gab und aß während der Fahrt meine ganzen Vorräte aus der Tasche auf.

Das Buch, das in meiner Handtasche lag, rührte ich gar nicht erst an, da ich wusste, das ich ständig durch ein und aus steigende Menschen abgelenkt werden würde.

Zweimal musste ich umsteigen.

Als ich aus dem Zugfenster sah während ich in unseren kleinen

Dorfbahnhof einfuhr, sah ich schon Onkel Horst am Ende des Bahnsteiges stehen.

Mir ging mein Herz auf, als ich die Schirmmütze wieder erkannte die er jeden Sommer trug und mir damit winkte. Das war der Mann der in meinem Leben einem Vater am nächsten kam.

Ich stieg aus und er lief auf mich zu um mir meine Tasche aus der Hand zu nehmen.

„Alli, wie schön dich hier zu haben, wir freuen uns so sehr auf dich."

Er umarte mich und drückte mich fest an sich, wobei seine Mütze verrutschte.

„Ich freue mich auch sehr, es ist schon wieder so lange her."

Eingehakt gingen wir neben einander her, Belanglosigkeiten austauschend, wie denn die Fahrt war, wie ich aussah und so weiter.

Als ich dann unser Auto sah, wurde ich ein wenig traurig, freute mich aber gleichzeitig, das die liebe, alte Gurke noch einen tollen Besitzer gefunden hatte, der sie pflegt.

„Der Wagen von deiner Mutti fährt immer noch sehr gut, steig ein Kind, Tante Inge wartet schon ganz ungeduldig."

Tante Inge stand mit einem Taschentuch in der Hand in der Tür und kam die Auffahrt heruntergeeilt um mir die Wagentür aufzuhalten, mich aus dem Auto zu zerren und an ihre Brust zu drücken.

„Inge, zerquetsch mich nicht, ich bin ja da," sagte ich lachend. In ihren Augen jedoch schwammen Tränen

„Ach was bin ich froh dich zu sehen."

Seit es Irmgard so schlecht ging, hing sie ganz besonders an mir, war doch nur noch ich ihr geblieben.

Wir gingen ins Haus und ich wurde wieder Kind.

Ich liebte mein Zu Hause in Bayern.

Irmgards und mein Zimmer war unverändert. Ich breitete meine mitgebrachten Dinge aus, legte die paar Kleidungsstücke in den Schrank, meine Kosmetikartikel ins Bad, neben die von Tante Inge und Onkel Horst, damit war das Badezimmer überfüllt.

Das Essen war wie immer bayrisch, gut, deftig und wahnsinnig lecker.

Die Gespräche mit den beiden älteren Leutchen die meine Familie darstellten, waren herzlich, von Umarmungen und Küsschen unterbrochen und drehten sich um allgemeine Dinge die in der Zwischenzeit geschehen waren.

Mein Beruf interessierte die beiden sehr und die Nachbarn in meinem ehemaligen Haus waren auch ein Thema.

Als wir spät am Abend noch mit einem Glas Wein vor dem Kamin saßen, kam natürlich wie immer die Sprache auf die nicht existenten Männer in meinem Leben.

„Erzähl doch mal Liebchen, hast du vielleicht wieder einen netten Freund?", fragte Tante Inge ganz unbedarft in den Raum hinein.

„Nein, zur Zeit mal wieder nicht, du weißt doch, ich bin da etwas schwierig."

„Ja, Enkel können wir wohl abschreiben in unserem Leben mein Schatz", sagte Onkel Horst lachend.

„So lustig ist das nicht," sagte Inge ernst „ich hätte schon gern welche gehabt."

„Schlimm finde ich Kinder auch nicht, aber wie du weißt, kann ich keine kriegen," antwortete ich „an meiner gynäkologischen Situation hat sich nichts geändert. Und die Männer meines Alters stellen nach einiger Zeit fest, dass sie doch ganz gerne eine Familie gründen wollen. Meine Beziehungen gehen immer so lange gut, bis die Kerle erfahren, das ich keine Kinder kriegen kann. Dann sagen sie das, das ja kein Problem wäre, überlegen dann noch ein paar Monate um mir dann mitzuteilen, das sie ja doch eben gerne noch ein Kind zeugen würden und die nette Nachbarin kein Hormonproblem habe und die Beziehung zu mir ja in diesem Sinne keine Zukunft habe…"

„Sei nicht so zynisch," sagte Tante Inge „es sind schon Wunder passiert, auch du warst ein Wunder, deine Mutter dachte, auch sie könne keine Kinder kriegen und dann kamst plötzlich du."

„Ja, nur bei mir liegen die Dinge ein bisschen anders, es geht wirklich nicht, ich habe mich damit abgefunden, es ist kein Problem für mich."

„Du musst dich mehr bemühen einen netten Mann zu finden. Wien müsste doch voll sein damit," klagte Inge.

„Eher fahr ich in den Himalaya und fange euch einen Yeti," gab ich lachend zurück und Onkel Horst flachste zurück :
„Der passt dann aber nicht ins Katzenkörbchen und was die Nachbarn dazu sagen wenn ich mit Tonnen von Fleisch ankomme um ihn zu füttern, ich weiß nicht...!"
So fielen wir von einem Thema ins andere und hatten viel Spaß.
Ich verschwendete keinen Gedanken an meine Erlebnisse in der Hofburg, denn hier war ich weit weg von Wien und meinem Alltag.
„Du kannst morgen lange schlafen, wir fahren erst gegen Mittag zu Irmchen. Laß dir also Zeit."
Ich sagte Gute Nacht und verabschiedete mich ins Bett.
„Es ist schön dich hier zu haben, du bist so weit weg," sagte Inge als sie mich ins Zimmer brachte.
„Ich hätte euch so gerne einmal in Wien, ihr müsst diese Stadt einmal kennen lernen. Sag mal, wir haben gar nicht über Irmchen gesprochen, wie geht es ihr?"
„Unverändert, du wirst es morgen sehen. Es ist so traurig," weinte sie.
Ich nahm sie in den Arm und wir saßen noch ein wenig auf dem Bettrand und plauderten über alte Zeiten, als Irmgard und ich noch Kinder waren.
„Nun geh aber ins Bad und dusche, creme und salbe dich, dafür brauchst du doch immer ewig, wir sehen uns beim Frühstück."

Ich war so müde von der Fahrt, von den Gesprächen und vom Wein, das ich auch heute Abend wieder das Buch über die Kaiserin Elisabeth nicht zur Hand nahm.

Freitag

Ich erwachte vom Kaffeeduft und Rührei in der Pfanne.
Ich bekam sogar meinen Tee ans Bett gebracht.
Mit einem bayerischen Frühstück, bestehend aus Weißwurst, süßem Senf und ordentlichen Brezeln, begann der Tag auf der Terrasse im Sonnenschein.
„So, dann wollen wir uns mal fertigmachen und losfahren, hast du ein Geschenk für Irmchen?", fragte Tante Inge.
„Ich habe einen Bildband über Ungarn gekauft und eine große Dose Manner Schnitten."
„Das Buch wird sie wieder weglegen, aber ich hoffe sie isst die Schokolade. Wir haben einen schönen Kaschmirschal für den Winter gekauft, wunderbar weich und ich hoffe sie trägt ihn."

Die Fahrt zur Klinik dauerte etwa eine halbe Stunde und sie verlief schweigend. Jeder war mit seinen eigenen Gedanken beschäftigt. Tante Inge saß hinten im Wagen und nestelte ständig an ihrer Handtasche herum, knöpfte sich den obersten Knopf ihrer Bluse auf und wieder zu, suchte etwas in der Tasche, fand es nicht, Tasche wieder zu, Tasche wieder auf…!
Onkel Horst schaute durch den Rückspiegel immer besorgt zu seiner Frau.
Sie tat uns so leid in ihrem Kummer.
Auch mir war mulmig zumute, hatte ich Irmgard doch fast ein halbes Jahr nicht mehr gesehen.

Wir gingen durch die Eingangshalle und wurden von einer netten Schwester begrüßt, die uns mitteilte, das Fräulein Siegmüller sich im Garten befände.
Irmgard saß auf einem Stuhl vor einem Springbrunnen und sah sehr würdevoll aus. Sie hatte eine tadellose Haltung, die sie sehr arrogant und unnahbar erscheinen ließ.
Sie sah uns schon von weitem auf sich zukommen und stand auf.

Als wir unmittelbar vor ihr waren, begann die übliche Begrüßung.
Sie ließ sich auf die Knie nieder und erhob sich erst als ich sie
dazu aufforderte.
Ihre Eltern schaute sie nur fragend an, als ob sie darauf wartete,
das ich sie ihr vorstellte.
Wir gratulierten ihr zum Geburtstag, Tante Inge umarmte sie sehr
liebevoll und fing gleich an zu plappern.
„Ist der Kaschmirschal nicht wunderschön, so einen wolltest du
doch immer haben," redete sie auf Irmgard ein, als diese ihre
Geschenke auspackte.
„Und der schöne Bildband von Alli, schau mal die herrlichen
Landschaften…"!
Irmgard wirkte sehr verstört und blickte mich ständig fragend an.
Onkel Horst blieb eine Weile bei uns sitzen und streichelte wie
abwesend, gelegentlich Irmgards Arm.
Irgendwann stand er auf.
„Ich gehe mal jemanden fragen, ob es etwas Neues in ihrem Fall
gibt."
Er ging in Richtung Klinik und verschwand darin, mit einem
Pfleger an seiner Seite.

Der Tag verlief sehr eintönig. Tante Inge redete, ich hörte zu und
Irmgard blickte verständnislos um sich.
Onkel Horst war zurückgekommen und saß ein paar Tische
weiter, unterhielt sich mit dem Pfleger über Dampfloks und dies
schien ihm besser zu gefallen, als die Gesellschaft seiner Tochter.

Es gab eigentlich nur zwei Begebenheiten an diesem Tag, die mir
merkwürdig erschienen.
Die erste war, das Irmgard ihre Mutter mitten in einem Redefluß
unterbrach und sich mir zuwandte:
„Ich möchte ein Foto von dir, wenn du mich wieder verlässt, ich
habe überhaupt keine Erinnerung an dich hier bei mir."
„Oh Irmchen, das tut mir so leid, wenn ich das gewusst hätte,
dann hätte ich dir eines mitgebracht. Warte mal, vielleicht habe
ich zufällig eines in meiner Tasche."
Ich wühlte in meiner Großraumtasche und förderte so einiges zu

Tage.

Kosmetikbeutel, Geldbörse, einen Schokoriegel, eine Dose Veilchenpastillen und das Buch über die Kaiserin Elisabeth.

Irmgard riß das Buch an sich.

Sie blickte mich mit aufgerissenen Augen an, begann in dem Buch zu blättern und dann kam das unverständliche, sie fing an schallend zu lachen.

„So hat sie schon lange nicht mehr gelacht," freute sich Inge.

„Was ist so lustig?" fragte ich sie.

Wir bekamen keine Antwort von Irmgard. Stattdessen kam Horst herübergeeilt um zu sehen was los sei.

Aber jede Frage an Irmgard, schien sie noch mehr zu belustigen.

Irgendwann gaben wir es schließlich auf, auch Irmgard legte das Buch zur Seite und wischte sich die Lachtränen aus den Augen.

Wir gingen zum Abendessen in ein nahe gelegenes Restaurant. Irmgard war durchaus in der Lage die Klinik zu verlassen, wenn auch nur kurz.

Weil sie sonst begann die Menschen um sich herum als Bedrohung aufzufassen.

Die gutbürgerliche, bayerische Küche schmeckte uns hervorragend.

Irmgard war, wie stets darauf bedacht mich mit unaufhörlicher Zuvorkommenheit zu behandeln.

Sie setzte sich erst als ich saß. Sie legte mir Besteck vor und sie schaute den Ober äußerst böse an, weil er mich behandelte wie einen normalen Gast, obwohl ich doch ihrer Meinung nach, die perfekte Bedienung benötigte.

Inge und Horst wurden von ihr eigentlich komplett ignoriert.

Sie waren wie Statisten in einem Film, sie gehörten irgendwie zum Bild, hätten aber auch gar nicht anwesend sein brauchen.

Nach diesem Abendessen brachten wir Irmgard zurück in die Klinik und auf ihr Zimmer.

Auf dem Weg dorthin hakte ich mich bei ihr ein und wir gingen ein Stück hinter Horst und Inge. Und während dieser kurzen Zweisamkeit kam die zweite merkwürdige Begebenheit dieses Tages auf mich zu, in Form einer Bemerkung von Irmgard, die sich flüsternd an mich wandte:

„Du hast aber heute Abend sehr gut gegessen, ich bin richtig überrascht aber stolz. Jetzt renne aber nicht gleich wieder los um das bisschen Essen wieder loszuwerden nur weil du Angst um deine Figur hast."

„Aber Irmgard, du weiß doch wie gerne ich esse, das ist doch nichts ungewöhnliches! Und meine Figur ist sowieso hinüber", antwortete ich.

Sie streichelte nur verständnisvoll meinen Arm und lächelte mich an.

Die Verabschiedung fiel uns allen recht schwer, weil wir der Meinung waren, das es Irmgard immer schlechter ging.

Irmgard verabschiedete mich so, wie sie mich begrüßt hatte.

Mit einem Kniefall und meine Hand an ihre Wange pressend.

Ich ging ebenfalls runter auf die Knie und umarmte sie. Dann ging ich schnell aus dem Zimmer, damit sie meine Tränen in den Augen nicht sehen konnte.

Im Auto liefen sie mir dann aber doch über die Wangen.

„Wie ist es denn, wenn ich nicht dabei bin?", fragte ich vom Rücksitz aus nach vorne „ignoriert sie euch dann genauso?"

Horst und Inge schauten sich kurz an.

„Ja", sagte Tante Inge „wir sind wie Fremde für sie, deshalb kann Horst das auch nur schlecht ertragen. Er geht oft zu den Pflegern um sich mit ihnen über Irmgard zu unterhalten und ob es irgendeinen Fortschritt gibt. Er kann ihre Ablehnung uns gegenüber nicht ertragen, nicht war Schatz?"

Onkel Horst nickte nur und ich sah, das auch er mit den Tränen kämpfte.

Zu Hause angekommen setzten wir uns noch auf die Terrasse und sprachen über allgemeine Dinge. Ich erzählte von meinem Beruf, von meinem Pferd und das ich am Sonntag eine Schnitzeljagd mitmachen wollte.

Ich glaube, die beiden genossen das lockere Gespräch und entspannten sich auch immer mehr.

„Ach Kind was sind wir froh, das wir dich haben," sagte Inge und gab mir einen Kuß auf die Wange, als ich aufstand um mich in Richtung Bett zu verabschieden.

„Ja, ich bin auch froh euch noch zu haben. Und ich habe das Gefühl ich bin viel zu selten hier. Morgen muß ich schon wieder weg und dann weiß ich nicht wann ich wiederkomme."

Als ich im Bett lag, dachte ich noch sehr lange über Irmgard nach. Über all die verrückten Dinge die sie gesagt hatte. Im Grunde völlig unzusammenhängend und nicht der Situation entsprechend, als würde sie in einer ganz anderen Welt leben als wir.

Wo wohl die Ursache ihrer Probleme zu suchen war?

Was war wann nur mit ihr passiert?

Ich konnte das wohl nicht lösen, ich musste mich ablenken um irgendwie einschlafen zu können.

Meine Zeitschriften lagen alle in der Küche und hinuntergehen wollte ich nicht mehr. So hangelte ich aus dem Bett heraus nach meiner Handtasche, um mir das Buch über Kaiserin Elisabeth herauszuholen.

Ich hatte es im Garten bei Irmgard liegengelassen.

Samstag

Ein Frühstück auf der Terrasse im Sonnenschein brachte uns drei auf andere Gedanken. Wir überlegten wann ich wiederkommen könnte oder wann die beiden mich endlich mal in Wien besuchen.
Gegen Mittag brachten mich Inge und Horst zum Bahnhof, wir drückten und küssten uns ganz feste und ich reiste ab in Richtung Wien.
Die paar Stunden gingen vorbei wie im Flug, da ich viele Zeitungen gekauft hatte und mich die halbe Fahrt über mit einer netten, älteren Dame über Pferde unterhielt.

In Wien war es sehr heiß und ich fuhr direkt nach Hause um mich zu duschen und ein wenig hinzulegen.
Am frühen Abend erwachte ich mit Hunger. Da außer Knäckebrot und Käse nichts im Kühlschrank war, musste ich wohl raus um etwas zu Essen aufzutreiben.
Und was bietet sich bei diesem herrlichen Wetter besser an, als der Rathhausplatz?
Oh Halt Moment, es war Samstagabend. Der Platz ist dann so voller Menschen, das man kaum zu den Ständen gelangt, geschweige denn einen Sitzplatz bekommt.
Also lockere Kleidung an und ab zu den vor sich hin brutzelnden Käsekrainern.
„Bitte zwei Käsekrainer mit süßem Senf und Brot."
Eigentlich brauchte ich das gar nicht mehr zu sagen, denn der Mann im Würstelstand kannte mich und meine Bestellung genau.
Die Bestellung in wienerisch für mein essen „Aane Eitrige mit Kren" brachte ich noch nicht über die Lippen, aber es ging auch so.
Der Würstelmann ist viele Dialekte und Sprachen gewöhnt.
Ich spazierte noch ein wenig in der belebten Stadt umher und schaute mir das bunte Treiben in den Gassen an.
Da ja morgen die Jagd sehr früh begann wollte ich nicht so lange

wach bleiben, damit ich fit und ausgeruht reiten und vielleicht gewinnen konnte.

Es zog mich zur Hofburg.

Und ich schaute zu den Fenstern hinauf in denen ich Montag wieder arbeiten würde.

Ein Schaudern durchfuhr mich als ich an meine Erlebnisse dachte, ich hatte sie über die Sorge um Irmgard ganz vergessen.

Ich setzte mich auf den Sockel des Denkmals und sah die geöffneten Fenster hoch über mir.

Eine Zigarettenlänge bleibst du noch und dann nichts wie ab nach Hause.

Meine Gedanken wanderten zu der Begegnung, die ich im Schlafzimmer des Kaisers gemacht hatte.

Mich überkam eine seltsame Sehnsucht genau wieder in dieser Szene zu sein um sie zu Ende zu erleben.

Ich hatte den Schlüssel zu der Pforte in der Tasche dabei.

Es wäre also kein Problem einfach hineinzugehen und…

So ein Schmarrn.

Jetzt im Dunkeln ist das doch ein wenig unheimlich, wer weiß was mich da erwartete. Auf irgendwelche Geistererscheinungen im Spiegel oder Männer mit Kaiserbart und Zigarrenrauch konnte ich jetzt wirklich verzichten.

Das laß mal schön bleiben und geh ins Bett.

Dachte ich…und tat genau das Gegenteil.

Langsam bewegte ich mich auf die kleine Pforte zu, schloß sie auf und betrat die Burg.

Ich machte mir Licht und ging unbeirrt durch das Stiegenhaus in den ersten Flur und blieb vor einer Tür stehen.

Dort überkam mich wieder diese Sehnsucht die ich unten im Hof verspürt hatte.

Ich wollte nicht in meine Gemächer, ich wollte zu einer bestimmen Person.

Und die befand sich hinter dieser Tür.

Ich wusste das ganz genau.

Die Tür öffnete sich ohne Probleme. Im Zimmer dahinter, war alles dunkel.

Weiter hinten im Raum sah man den Durchgang zu einer anderen Tür durch die es hell hindurchschimmerte.

Da musste ich hin… ich freute mich.

Meine Schritte wurden leichter als ich auf die Türe zuging.

Meine Gestalt nahm an Größe zu und ich schritt in den hell erleuchteten Raum hinein.

Ein Kinderzimmer erschien vor meinen Augen und in einer Ecke saß ein kleines Mädchen mit dem Rücken zu mir auf dem Boden.

Vor sich eine Puppenlandschaft aufgebaut.

Mein Herz hüpfte vor Freude, als die Kleine sich umwandte.

Sie war höchstens zwei oder drei, entzückend weiß gekleidet mit einer passenden Schleife um den Kopf.

Sie stand wackelig auf und rannte auf mich zu.

Ich ging in die Knie um sie aufzufangen und war voller Mutterglück als ich sie hörte:

„Mama!"

Noch bevor ich sie in die Arme schließen konnte fiel ich rücklings auf den Boden.

„Was machen sie denn noch hier?", fuhr mich eine männliche Stimme barsch an.

Ein Wachmann stand hinter mir.

Das kleine Mädchen war verschwunden.

Ich wollte ihn anbrüllen, was er sich erlauben würde so einfach hineinzuplatzen, aber als ich mich aufgerappelt hatte, kam ich mir klein und fehl am Platze vor, so das mir das Wort im Halse stecken blieb.

Ich stammelte eine Entschuldigung und rannte an ihm vorbei durch das andere Zimmer, die Stiege hinunter und in den Hof.

Ich rannte eigentlich immer weiter, durch das Burgtor, den Kohlmarkt und den Graben entlang über den Stephansplatz, drängelte ich mich durch die vielen Menschen, bis ich kaum noch Luft bekam und mich fast vor meiner Wohnung befand.

Die ganze Zeit über hatte ich Tränen in den Augen. Ich blieb kurz stehen um Luft zu holen und lief weiter bis ich in meinem Flur stand und die Tür hinter mir zuknallen konnte.

Endlich konnte ich hemmungslos weinen.

Ich wusste nicht einmal warum. Was war nur mit mir los?

Ein großes Verlustgefühl überkam mich und ich warf mich auf mein Bett.

Ein Kind?

Mein Kind? Mein unerfüllter Kinderwunsch?

Oder einfach nur Tante Inges Gequatsche über Kinder und Familie?

Ich glaube ich muß wirklich mal zum Arzt.

Aber ein Psychologe, kein Gynäkologe.

Ich weinte mich in den Schlaf.

Sonntag

Unerwarteter Weise erwachte ich völlig ausgeruht.

Ich wäre besser nicht am Vorabend in die Hofbug gegangen.

Das Erlebte würde mir den ganzen Tag hinterherlaufen.

Ich ging ins Bad, frühstückte etwas von den Knäckebrot, zog mich dann an und bereitete mich auf einen schönen Tag auf dem Rücken meines Pferdes vor.

Ich hatte mir einen kleinen Rucksack mit ein paar Vorräten, einer warmen Jacke und natürlich etwas Sonnencreme gepackt, fuhr mit dem Rad zur U-Bahn Station, stieg dort samt Rad in eine Bahn und fuhr hinaus aus der Stadt.

Von der Endstation waren es noch etwa zwei Kilometer bis zum Stall, die radelte ich schnell und ohne Halt, durch einen jetzt schon warmen Sommermorgen.

Auf dem Reiterhof war eine große Menschenmenge versammelt.

Viele schon in ihrem Reiterdress, einige standen noch am Buffett das extra für die Reiter aufgebaut war.

Sonja kam auf mich zugestürmt als ich vom Rad stieg.

„Alice, Chester ist krank. Nicht schlimm, aber er kann nicht mitlaufen."

„Oh nein, was hat er denn, auch den Durchfall?"

„Ja, genau. Der Arzt sagt er soll sich noch ein paar Tage schonen, der arme Kerl, ich glaube er hatte sich schon so gefreut."

„Ich gehe gleich mal zu ihm."

Mein liebes, halbes Pferdchen begrüßte mich laut wiehernd.

Ich ging zu seinem wuscheligen Kopf, nahm ihn in die Hände und gab ihm einen Kuß auf seine lange Nase.

„Was hast du denn für ein Problem? Mußt du soviel AA machen und darfst nicht laufen? Mein armes Häschen!", meinen Kopf an den seinen gekuschelt, blickte ich ihm in die schönen braunen Augen.

„Tja, wen reitest du denn jetzt?", kam Sonja fragend in den Stall.

„Niemanden, ich bleibe hier bei Chester und füttere ihn mit Kohletabletten die ich in Äpfel einpacke und dann sind wir beide zufrieden."

„Blödsinn, Chester, sag du ihr das sie mit reiten soll. Los, gehe rüber zu Rudi und sattle ihn. Er ist so lieb und ganz leicht zu führen. Chester braucht keine Kohletabletten, nur ein bisschen Pause."

„Was sagst du mein Hase, bist du böse wenn ich mit Rudi die Schnitzeljagd mitreite?"

Ich glaubte, das das Pferd mit dem Kopf nickte, aber wahrscheinlich war das Einbildung.

„Ich kenne Rudi doch gar nicht, und ich bin schon so lange nicht mehr geritten."

„Rudi muß man nicht kennen. Der lässt die kleinsten Kinder auf sich reiten und da passiert nichts. Los, ran an den Sattel."

Als Sonja das Wort Kinder erwähnte, überkam mich wieder so ein Schauder und diese Sehnsucht von gestern.

Ich beschloß, das ich mich dringend ablenken musste, küsste Chester noch einmal und ging rüber zu Rudi.

Während ich Rudi sattelte machte ich mich mit ihm bekannt. Ich redete mit ihm und erklärte ihm meine Situation.

„Läßt du mich auf dir reiten? Du kennst doch Chester aus der Box nebenan, der ist etwas krank und darf nicht mit."

Ich war der festen Überzeugung das Rudi und ich zusammen harmonieren würden und so saß ich auf, winkte Chester noch einmal zu „bis später ich bring dir unsere Siegerschleife mit", und ritt mit Rudi eine Runde im Hof umher.

Nach einem leckeren Zweitfrühstück für Roß und Reiter, ging es ab in den Wald.

Der Fuchs war schon lange voraus geritten und hatte die bunten Papierschnipsel verstreut. Ihn galt es jetzt zu finden.

Sonja und ich machten uns auf.

„Auf geht's, wer von uns beiden zuletzt da ist, zahlt heute Abend das Essen auf dem Rathhausplatz!", jubelte Sonja.

„Klasse, echt fair, aber du bist ja nicht so ein großer Esser wie ich, also kann ich mir dich leisten."

Wir ritten in den herrlichen Wald. Ich fühlte mich rund herum wohl.

Rudi lief gut und es war ein wunderbares Gefühl so schnell durch das Laub zu fegen.

Wie nicht anders erwartet, blieb ich nach einer Weile zurück.

Aber den großen Ehrgeiz zu gewinnen hatte ich gar nicht, ich wollte auch ein wenig die Natur genießen. Also zügelte ich Rudi ein wenig und ließ ihn etwas verschnaufen.

Als die nächste Gruppe Reiter an mir vorüberpreschte, wollte ich dann aber doch nicht die allerletzte sein.

„So Rudi, auf jetzt, laß mal sehen was du drauf hast, wir wollen uns doch nachher nicht auslachen lassen, " flüsterte ich ihm ins Ohr.

Wir ritten sehr schnell hinter der anderen Gruppe her und überholten sie sogar.

Ich genoß den schnellen Galopp und war voller Übermut.

Kurz bevor wir die vorderste Reitergruppe erreichten, sah ich mit einem Auge ein Stück den Weg entlang und entdeckte noch kurz vor dem Unheil eine kleine Schlange.

Rudi entdeckte sie auch, und machte eine Vollbremsung.

Aus dem gestreckten Galopp eine Vollbremsung ist für den Reiter, der nicht darauf gefasst ist, kein Vergnügen.

Ich verlor den Halt im Steigbügel und flog ungebremst, in hohem Bogen aus dem Sattel.

Über Rudis Kopf hinweg machte ich in der Luft einen zirkusreifen Salto und landete mit dem Rücken vorweg in einem Gebüsch.

Und zum Abschluß der Stuntshow, knallte mein Kopf gegen einen Baumstamm.

Ende.

„Selten ist die wahre Weisheit
seltner noch Verrücktheit wahre
ja vielleicht ist sie nichts and`res
als die Weisheit langer Jahre“

(Kaiserin Elisabeth 1886)

August 1867

„ Schnell ruft einen Krankenwagen sie ist bewusstlos".
Sirenengeheul und anschließendes piepen der Herztöne
an einem Monitor, begleiteten sie ins Krankenhaus.

„Euer Majestät, könnt ihr mich hören?"
Nein, ich will nicht wach werden, mein Kopf dröhnt wie eine
Motorsäge.
Zu mehr Denken reichte es aber auch nicht, das tat zu weh.
Die Augen wagte ich erst gar nicht zu öffnen, mir reichte schon
das laute Gebrüll der vielen Menschen um mich herum.
„Sie erwacht, ihre Lider flattern."
Nein, da flattert nichts, ich mache die Augen nicht auf.
Nicht bevor jemand die Motorsäge abgestellt hat.
Ich hörte noch den Satz:
„Jemand muß den Kaiser benachrichtigen.", und dämmerte
wieder weg.

Ich wachte zwischendurch immer kurz auf und vernahm auch
weiter Sätze von Personen die mir unbekannt waren.
Müßte ich nicht in einem Krankenhaus liegen?
Eher spürte ich ein weiches Bett unter mir, ich hatte zwar ein
Piepen im Ohr aber das führte ich auf meinen Sturz zurück.
Und die Stimmen trugen auch nicht gerade zu meiner Beruhigung
bei.
Irgendeine männliche Stimme sagte:
„Man muß ihr die Haare abschneiden, den Kopf scheren. Sie sind
deutlich zu schwer für diese Art der Verletzung."
Ja meinetwegen, wollte ich antworten, an den drei Locken habe
ich nie besonders gehangen, aber kein Ton kam über meine

Lippen.

Dann hörte ich eine weibliche Stimme, die mir sehr vertraut schien und zu der ich irgendwie ein Gesicht zuordnen wollte oder konnte.

„Eher würde sie lieber sterben als sich von ihrem Haar zu trennen. Und jetzt alle hinaus hier, ich kümmere mich ab sofort um sie."

Endlich mal einer mit Durchsetzungsvermögen, aber nun mal langsam, ich meine, wenn es um mein Leben geht schneidet mir meine fusseligen Haare ruhig ab, nur zu, keine falsche Scheu.

Wie kam die Frau darauf, das ich so an meinen Haaren hänge?

Aber diese Gespräche waren immer nur Wortfetzen, ich schlief ständig wieder ein und das nicht mal ungern, denn jedes Mal wenn ich wach wurde ging es mir ein wenig besser.

Ein wenig nur, aber besser.

Als ich erneut mein Bewusstsein wiedererlangte, versuchte ich den Kopf zu drehen.

Fast unmöglich, ein Zug rast durch meine Stirn, sobald ich es probierte.

Aber ich schlug zum ersten Mal die Augen auf und löste gleich bei einer Person die neben meinem Bett zu sitzen schien, Begeisterungsstürme aus.

Tante Inge?

Nein, ich sah alles nur verschwommen und schloß die Augen gleich wieder, aber Inge war das nicht. Diese Frau sprach mit einem leichten Akzent, den ich allerdings nicht zuordnen konnte.

„Elli, alles in Ordnung? Ich bin hier."

Eine kühle Hand faste die meine und ich ließ es gerne zu.

„Was ist denn bloß mit mir geschehen?", fragte ich sie und alles tat mir weh, selbst die Zunge.

„Du hattest einen schrecklichen Reitunfall, das Pferd hat dich in hohem Bogen über seinen Kopf hinweg abgeworfen."

„Rudi? Er konnte nichts dafür, da war eine Schlange," wisperte ich, schon erschöpf von den paar Worten.

„Ja, das wissen wir, ruh dich aus, Franz ist auf dem Weg hierher, man hat ihn benachrichtigt. Und freu dich, du blutest nicht, auch damit wird alles wieder gut, es dauert nur eine ganze Zeit bis du dich erholt hast mach dir keine Sorgen."

Wer ist Franz? Hatte ich mein Gedächtnis verloren? An Tante Inge konnte ich mich doch auch erinnern.

Ich kenne keinen Franz.

Doch der Bruder meines Chefs Herr Knütter, der hieß Franz, aber was soll der hier?

Und das ich nicht blute, ist ja eigentlich nach ein paar Tagen des Liegens und ärztlicher Versorgung, eine Grundvoraussetzung, oder?

Aber ich war viel zu müde um darüber wirklich nachzudenken, also flüchtete ich mich wieder in den Schlaf.

Die nächste Wachphase war wesentlich aufschlussreicher.

Ich machte die Augen direkt auf und sah auch deutliche Bilder vor mir.

Nur hatte ich keinerlei Ahnung wo ich war.

Die Person mit der ruhigen Stimme die ich zu kennen schien, tauchte in meinem Blickfeld auf.

Die Frau aus dem Spiegel in der Hofburg.

Ich wandte ihr den Kopf zu und es tat auch gar nicht mehr weh ihn zu drehen.

„Wer sind sie? Ich kenne Sie?", sagte ich verwirrt.

„Na das möchte ich doch meinen, ich bin es Irma."

„Nein sie sind nicht Irmgard, sie ist viel dicker, hat dunkle Haare und spricht ganz anders. Sie haben einen leichten Akzent."

„Ich sagte auch nicht Irmgard, sondern Irma, ihre Hofdame Majestät und vor allem deine Freundin."

„Ja, klar Hofdame," lachte ich gequält.

Nun sah ich mich ein bisschen in meiner unmittelbaren Umgebung um. Das war ein Raum den ich nicht kannte.

Hohe Decken mit Stuck an den Wänden, weiträumig und vereinzelt Bilder.

Dann erblickte ich mit schreckgeweiteten Augen die Turnringe über einer Tür.

„Ich bin in der Hofburg…?"

„Ja, sicher, wo auch sonst. Die Hofräte waren alle hier, sie hielten es nicht für nötig dich in eine Klinik einzuweisen. Deine Pflege habe ich gerne übernommen, da ich wusste das es dir am liebsten sein würde. Und sieh mal, sie hatten Recht, du bist nach ein paar Tagen der Ruhe wieder zu dir gekommen."

„Ich bin in der Hofburg…?, fragte ich erneut „was soll ich hier?"

„Ich weiß, wir hätten längst in Ungarn sein sollen, aber dein Unfall kam dir dazwischen."

„Ungarn?"

„Gödöllö, Ungarn! Liebes, leg dich wieder hin, dir scheint es doch noch nicht so gut zu gehen."

„Was ist Göllödö?"

„Gö-dö-llö",buchstabierte Irma.

Ich erhob meinen Körper halb aus den tiefen Kissen um mich richtig umzusehen. Mein Schädel brummte wie ein LKW, aber ich wollte jetzt wissen was passiert war.

Ich drehte mich, um das Zimmer ganz zu sehen und schrie regelrecht auf, als ich das Zimmer der Kaiserin Elisabeth erblickte.

Original dasselbe Zimmer in dem ich an der Kommode gearbeitet hatte. Wo war das Möbelstück? Ich sah es nicht, vermutlich war es irgendwo hinter mir.

Ich fasste das nicht. Alle Einrichtungsgegenstände sahen nicht alt aus, sie waren nagelneu und der Geruch der in der Luft hing war nicht der, den ich kannte.

Ich sah die Frau namens Irma genauer an und tat noch einen Ausruf des Erschreckens.

Sie war es wirklich, die Frau aus dem Spiegel im Badezimmer der Kaiserin.

Und sie verschwand nicht, sie blieb an meinem Bett sitzen und lächelte mich an.

„Das hat der Herr Hofrat voraus gesagt, das du Schwierigkeiten haben wirst, dich an alles zu erinnern.", sagte sie.

Ich lag wieder wie betäubt in den Kissen und starrte an die Decke.

„Ich muß mal." sagte ich, weil ich wirklich ein Bedürfnis verspürte.

„Du musst mal was?"

„Auf Toilette, ich muß mal Pipi," sagte ich ungeduldig.

Die Frau, die ich immer noch nicht als Irma anreden wollte, nicht mal gedanklich, schmunzelte.

„Du möchtest austreten? Soll ich dich zur Toilette führen? Sollen wir es einmal versuchen und sehen ob du schon laufen kannst? Das einzige was passieren kann ist, das du erneut speien musst."

Austreten? Speien?

Welch vornehme Ausdrucksweise.

Ich musste wirklich mal austreten und als ich den Kopf hob und mich auf die Bettkante setzte war mir wirklich zum speien.

Mein Kopf wurde mir durch eine schwere Last nach hinten weg gezogen.

„Mann, mein Schädel wummert wie eine ganze Blaskapelle."

Irma lachte.

„Meine Elli, da ist sie ja wieder."

Wenn sie Alli aussprach hörte sich das an wie Elli, mochte an ihrem Dialekt liegen.

Ich wollte aufstehen, doch das Gewicht an meinem Kopf ließ mich nicht.

„Moment noch," sprach Irma „ich werde dir mit deinem Haar helfen. Es ist unfassbar, einer der Hofräte wollte sie dir abschneiden. Stell dir das einmal vor. Du wachst auf und deine Haare sind verschwunden. Unvorstellbar."

Ich schaute hinter Irma her, die um mich herum ging an das Kopfteil des Bettes und sich eine Haarflut um den Am wand, dessen Ende sich an meinem Kopf befand.

Helfen mit meinen Haaren? Wozu das?

Ich schrie erneut auf, mittlerweile zum dritten Mal, ich wurde langsam hysterisch.

Ich stand auf und sah an mir hinunter.

Ein langes weißes Nachthemd, mit wunderschöner Spitze.

Nicht hochgeschlossen, sondern mit einem übergroßen Ausschnitt, der meinen Busen und den Rest der Figur erahnen ließ.

Meine Figur!? Ich war groß und überschlank.

Irma stand neben mir und hatte mein überlanges Haar im Arm.

Ich starrte sie mit offenem Mund an und sie lächelte nur zurück.

„Wir haben die Toilette ins Badezimmer gestellt um dir einen weiteren Gang zu ersparen. Komm ich helfe dir."

Sie führte mich am Arm durch den großen Raum, den ich genau zu kennen schien.

„Meine Kommode…,"sagte ich erfreut und zeigte auf sie. Sie sah aus wie neu.

Irma lächelte weiter und nickte nur.

Hatte ich schon so gute Arbeit geleistet? Nein, mir war irgendwie klar, dass das nichts mit meinen Reparaturarbeiten zu tun hatte.

Wir gingen auf die geöffnete Badezimmertür zu. Ich freute mich auf den Anblick der schönen goldenen Badewanne.

Meine Schritte fielen mir aufgrund der Schädelverletzung zwar sehr schwer, aber eigentlich war mein Gang federleicht und ich schien fast über den Boden zu schweben.

Das Bad war kompletter eingerichtet als ich es in Erinnerung hatte.

Handtücher in der Größe von Bettlaken waren ausgebreitet, der Ofen war an und bullerte warm vor sich hin und in einer Ecke stand ein richtiges Klosett!

Ich steuerte zielstrebig darauf zu und zog mir sofort das Nachthemd hoch um mich zu setzen. Ich hatte keine Scheu vor Irma.

„Euer Majestät, einen Moment, ich verlasse den Raum. Kann ich euch alleine lassen?"

„Wieso sagst du Majestät zu mir, gerade hast du mich noch geduzt, was soll das?", fragte ich ärgerlich über ihre Reaktion.

„Aber Euer…" begann sie erneut.

„Nix Euer, Schluß jetzt," sagte ich autoritärer als ich eigentlich wollte und setzte mich auf die Toilette „du bleibst hier, was wenn ich plötzlich umkippe?"

„Ja, ganz wie ihr meint, ihr habt natürlich Recht," sagte sie beschämt und wandte sich von mir ab, ohne jedoch mein Haar loszulassen.

„Wie habe ich eigentlich in den letzten Tagen Pipi…ich meine… austreten…wie war ich austreten?"

„Ich hatte mir eine Schüssel aus dem…", setzte Irmgard zu einer Erklärung an.

„Gut, gut reicht an Erklärung, mehr wollte ich nicht wissen. Na Bravo!"

Nachdem ich mich erleichtert hatte, bewegten wir uns auf den mir bereits bekannten Nachttisch zu.

Der mit dem großen Spiegel.

Vor ihm stand eine Waschschüssel mit Wasser darin und ich hatte das Verlangen mir die ganze Schüssel über den Kopf zu gießen um wieder klaren Verstandes zu werden, denn normal war das alles irgendwie nicht.

Ich stand genau vor dem Spiegel, setzte mich auf den Hocker davor, weil ich mich etwas schwach fühlte und tauchte meine Hände in die wundervolle Porzellanschüssel.

Diese Porzellanschüssel hatte ich in der Schauvitrine der Hofburg gesehen, als ich auf Herrn Schmiedel wartete, genau diese Schüssel!

„Wie kommt die Schüssel hier her?"

„Die steht schon immer hier, Majestät."

„Jetzt hör mal wieder auf mit diesem Majestät Gefasel," sagte ich verärgert und schaute hoch in den Spiegel.

Mein Blick fiel auf ein Gesicht, das ich nicht kannte, das aber wunderschön war.

Ich kannte es doch.

Woher kannte ich dieses Gesicht? Ich fuhr mir mit meinen Händen über die Haut des Gesichtes und spürte wie weich sie war.

Auch die Hände, superweich.

Große, braune Augen, eine zarte Nase und einen feinen Mund.

Der Teint war zwar der einer drei Tage alten Wasserleiche, aber das kam sicher vom langen Liegen.

Diese schönen Gesichtszüge kannte ich. Hinter mir stand Irmgard und verteilte die Haarflut rechts und links über meine Schultern.

Das Bild das ich in der Hofburg gesehen hatte, fast genau dieses Bild, fast genau diese Szene. Ich schaute auf meine Hände, denn ich vermutete darin das Buch, das ich damals gehalten hatte.

Aber kein Buch. Und die Szenerie verschwand auch nicht vor meinen Augen, alles blieb wie es war.

Mir war schlecht. Ich blickte erneut in den Spiegel und war begeistert von meinem neuen Aussehen.

„Irma? Wer bin ich?"

Sie verbeugte sich hinter mir

„Man sagte mir das ihr diese Frage immer wieder stellen werdet. Ihr wisst es wirklich nicht?"

„Nein, wer bin ich?"

„Ihr seid Elisabeth, Kaiserin von Österreich, Königin von Ungarn."

„Ha...," lachte ich und mir wurde schwarz vor Augen.

An meinen Haaren möchte ich sterben
Des Lebens ganze, volle Kraft
Des Blutes reinsten, besten Saft
Den Flechten möchte ich dies vererben

O ginge doch mein Dasein über
In lockig seidnes Wellengold
Das immer reicher, tiefer rollt
Bis ich entkräftet schlaf hinüber

(Kaiserin Elisabeth)

Die Monitore piepten unablässig. Die Ärzte standen um das Bett.,, Sieht schlecht aus", meinte einer.,, Wir müssen operieren," meinte ein anderer. Ein hilfloses, älteres Ehepaar stand hinter ihnen und weinte.

Als ich wach wurde, lag ich wieder im Bett.
In meinem Kopf spielte die Blaskapelle weiter und ein rhythmisches Piepen war dazu gekommen.
Irma stand neben mir.
„Das war zuviel, sagen die Hofräte, du musst langsamer machen," sagte sie besorgt.
„Ich bin die Kaiserin von Österreich?" fragte ich sie.
„Ja, das bist du!"
„Ach, jetzt wieder du? Ich bin Sisi?" kicherte ich
„Ja," kicherte auch Irma „Sisi, Elli, Erzebet, Elisabeth, für den Kaiser bist du sein Engel. Wir beide sind soviel beieinander das du mir irgendwann das du angeboten hast, erinnerst du dich nicht daran?"
„Äh…nein, aber bleiben wir dabei ich fühl mich sonst etwas unwohl."
„Hast du Appetit, soll ich etwas kommen lassen?"
Einfach so Essen kommen lassen, klasse, keine komplizierten Telefonate mit einem Pizzaservice, einfach kommen lassen.
Das wird mir gefallen.
Aber Moment mal, diese geniale Figur die ich unter der Bettdecke betastete und die jetzt meine war, kann ich doch nicht gleich wieder ruinieren in dem ich mich mit Pizza vollstopfte.
Aber Pizza wird es hier gar nicht geben. Was aß man den um 1800 irgendwas.
„Welches Jahr haben wir, Irma?"

„1867, es ist August im Jahre des Herren 1867."

„1867? Puh…" wieder eine Bestätigung, das die Szenerie in der ich lebte, nicht mehr so einfach verschwinden wollte.

„Was gibt es denn so zu essen? Oder kann ich vielleicht ein Glas Milch haben?"

Ich hatte ungeheure Lust auf Milch, die schmeckte, machte satt und nicht übermäßig dick. Und da ich nicht wusste was ich bestellen sollte, wollte ich erst mal vorsichtig sein.

Das Glas Milch kam spontan und es war nicht nur ein Glas, sondern eine ganze Karaffe. Ob das mit allem so ging. Wenn ich etwas bestellte kam es gleich doppelt und dreifach?

„Deine Milch schmeckt dir noch immer, das hast du nicht vergessen!", sagte Irmgard erfreut.

„Lecker… ist die lecker," sagte ich begeistert und meinte es auch so.

Ja, die kommt direkt aus der Meierei in Schönbrunn, die muß schmecken."

Ich war die Kaiserin, ich konnte haben was ich wollte.

Toll.

Die Milch stärkte mich, aber ich war noch immer recht zittrig, so schlief ich wieder ein.

Ich wachte auf, weil mich etwas an der Hand kitzelte.

Ich öffnete die Augen und schaute in das Gesicht des Kaisers!

Ich wollte die Hand zurückziehen, aber er hielt sie fest und drückte sie weiter an seine Lippen und das kitzelte sehr, weil da ein dicker Schnauzbart war.

„Meine Engels Sisi, was machst du nur?", fragte er, in einem wunderschönen Wiener Dialekt.

Eine Welle der Zärtlichkeit überkam mich.

Der Kaiser von Österreich, mein Gemahl, unvorstellbar. Und ich begann wieder zu kichern.

Auch er grinste durch seinen Bart.

„Soll ich das Pferd das dich abgeworfen hat, in die Schlachterei geben.." sagte er scherzhaft, denn ich wusste, das es nicht ernst gemeint war.

„Untersteh dich," antwortete ich ganz spontan und erschrak ein wenig über mich , das ich so einfach mit dem Kaiser sprach.

Mit dem Kaiser von Österreich.

Der Mann der noch in meinem Jahrhundert in Wien an jeder Ecke, durch Portraits präsent war.

Der auf Postkarten und allerhand Tand und Kitsch weiter lebendig war und von den Wienern noch 2004 hoch verehrt wird.

Ich weiß nicht wie lange, aber er hat viele Jahrzehnte hindurch, ein Weltreich regiert, bis zu seinem Tod im hohen Alter.

Er starb 1916, das weiß ich...oh mein Gott, dieser Gedanke ließ mich wie gestochen aus meiner liegenden Position hochfahren.

Ich sah den berühmten Mann an meiner Seite an, der mich noch immer unter seinem gewaltigen Bart anlächelte.

„Ich sollte vermutlich tot sein, vielleicht bin ich es ja längst. In der Zukunft sollte ich sterben oder bin es wahrscheinlich sogar... oh, nein...!"

Der Kaiser sah mich an als wäre ich völlig durchgedreht, stand auf und wandte sich von mir ab. Er rief laut nach Irma, die sofort angelaufen kam.

Sie redeten in einer Ecke des Zimmers tuschelnd miteinander.

Der Kaiser blickte mich noch einmal traurig an, nickte zu Irma die daraufhin einen tiefen Hofknicks machte und ging aus dem Raum heraus.

Meine Gedanken überschlugen sich.

Es war wohl eine Tatsache, dass ich hier in dieser Zeit gestrandet war, wie auch immer so etwas passieren konnte.

Aber wie kam ich hier wieder raus?

Wollte ich das überhaupt, was wenn ich bei dem Unfall im Wald wirklich gestorben war?

Oh, nein Tante Inge und Onkel Horst, die beiden wären dann ja ganz alleine.

Und wenn ich zurück könnte was dann?

Aber die Kaiserin Elisabeth hatte wohl auch einen Reitunfall gehabt und ich bin an ihrer Stelle aufgewacht.

Sollte sie sterben? Vielleicht haben wir die Körper getauscht und sie lebt jetzt in meiner Zeit?

Ich musste lächeln, als ich mir eine Frau von 1867 im Jahr 2004 vorstellte.

Die würde ganz schön Augen machen. Ich stellte mir vor, sie wacht auf und ein Flugzeug fliegt über ihren Kopf hinweg und schon hätten Inge und Horst es mit einer weiteren Verrückten zu tun.

Aber anders herum war die Sachlage auch nicht besser.

Eine Frau von 2004 im Jahre 1867 muß auch ganz schön aufpassen was sie sagt, sonst könnte das üble Folgen haben.

Also aufgepasst und erst mal schön den Mund halten.

Ich setzte mich auf die Bettkante und hielt mir meinen Kopf fest, der noch immer brummte und das Piepen im Ohr hatte auch nicht nachgelassen.

Irma kam auf mich zu und half mir aufzustehen

„Es geht Irma, danke. Ich kann alleine gehen. Habe ich den Kaiser erschreckt? Er muß ja denken ich bin völlig durchgeknallt!"

„Durchgeknallt?, fragte Irma in ihrem schönen Dialekt, den ich noch nicht identifiziert hatte.

„Ja verrückt, wirr, irre…du weißt schon," antwortete ich schnell und machte mit einer Hand wedelnde Bewegungen vor meiner Stirn, verdammt ich wollte doch nachdenken bevor ich etwas sage.

Zu spät, aber man war ja der Meinung ich hatte eine Gehirnerschütterung, da konnte ich mir den einen oder anderen Patzer erlauben.

Ich musste wirklich aufpassen was ich sage, viele Redewendungen und Begriffe aus meiner Zeit würden hier etwas seltsam erscheinen.

„Ganz Wien, nein die ganze Welt hält dich, dank deiner Eskapaden, sowieso schon für verrückt und wirr und seine Majestät bildet da keine Ausnahme!", sagte Irma während sie mein Nachthemd ordnete.

„Moment mal…," ich sah sie böse an „… und du? Hälst du mich auch für irre?"

„Nein, meine Majestät, nur eigenwillig," Irma sank zu Boden auf die Knie und blickte verschämt auf den Teppich.

„Irma entschuldige," sagte ich schnell und setzte mich zu ihr auf den Boden.

„Es kann sein, das ich mich in nächster Zeit sicherlich noch etwas seltsam verhalte, bitte kreide mir das nicht als verrückt an, sondern hilf mir ein wenig über diese Zeit hinweg und sage mir immer offen und ehrlich, wenn dir an mir Merkwürdigkeiten auffallen. Versprichst du mir das?", sagte ich flehend zu ihr und nahm ihre Hände.

„Ja, der Unfall, du wirst noch eine Weile brauchen bis du wieder die alte Elisabeth wirst, die ich so sehr liebe. Ich werde immer bei dir sein und dich nicht alleine lassen wenn du es nicht verlangst, deine Freundin ein Leben lang und darüber hinaus ."

Ich schaute sie an und wußte das ich diese Worte schon einmal gehört hatte.

„Irma? Irmchen? Meine Irma? Bist du es?", fragte ich sie, im Glauben meine Freundin Irmchen vor mir zu haben.

„Irmchen hast du mich noch nie genannt, aber es gefällt mir," lächelte die Irma aus dieser Zeit.

Wir umarmten uns und ich war froh eine Hilfe zu haben.

Denn es wird nicht einfach sein, die erste Phase dieser absurden Situation zu bestehen.

„Irma ich werde ins Bad gehen, bitte hilf mir mich anzukleiden und diese Haare werden eines Tages mein Ende sein, welch eine Last, welch eine wunderschöne Last!"

Ich war völlig fasziniert von diesen weichen Wellen, die ich, als ich mit Irmgard gemeinsam vom Boden aufstand, in meine Arme nahm.

Ich ging langsam, schwebend ins Bad und außer dem entfernten Piepen im Ohr, ging es mir erstaunlich gut.

„Danke Irma, es geht schon, ich möchte einen Moment alleine sein," sagte ich und machte die Badezimmertür hinter mir zu.

Ich ging direkt zum Spiegel und betrachtete mein Gesicht.

Nicht mehr die Wasserleiche, sondern ein lieblicher rosafarbener Schimmer war in meinem Gesicht zu sehen.

Bildschön diese Frau. Anmutig und schlank.

Das war jetzt ich.

Alli, nein Elli, das klang ja ähnlich also werde ich mich schnell daran gewöhnen.

Ich öffnete das Nachthemd, ließ es fallen und stand nackt mit den wundervollen Haaren, die fast bis zum Boden gingen, vor dem Spiegel.

Ein Grinsen zog über mein Gesicht.

Für diese Verwandlung würde jede Frau in meiner Welt Millionen zahlen.

Ich war etwa ein Meter siebzig groß, nein es erschien größer und ich hatte einen kleinen festen Busen.

Der ganze Körper war durchtrainiert und muskulös, feste Beine und starke Arme, außerdem eine Taille zum niederknien. Mit beiden Händen konnte ich sie fast umfassen, ein großer starker Mann würde sie umfassen können.

Himmlisch, ich wog vielleicht fünfzig Kilo, wenn überhaupt und wirkte dabei nicht zu dürr, sondern sehr sportlich.

Eine kleine, pummelige, kurzhaarige, schwer arbeitende Restauratorin, getauscht gegen eine Kaiserin mit Modelmaßen… nicht schlecht.

Danke, wer auch immer dafür zuständig war…danke!

Jetzt hieß es damit zurecht kommen.

Ich setzte mich auf meinen Hocker.

Meinen Hocker! Man höre und staune, wie schnell ich das annahm.

Mein Spiegelbild sah mich an und begann Fragen zu stellen.

Und jetzt? Was wird geschehen? Wist du die Kaiserin Elisabeth sein können?

Die Königin von Ungarn? Mit all ihren Verpflichtungen?

Halt Moment, ist die Kaiserin nicht ständig vor genau diesen politische Pflichten geflohen?

Die politischen Wirrungen dieser Zeit hatten mich auch nie interessiert, genau wie Elisabeth.

Wie war der Titel des Buches das ich mir über die Kaiserin gekauft hatte?

„Elisabeth-Kaiserin wider Willen", genau so hieß es und es begann mit den Worten: „…eine Frau die sich weigerte, sich ihrem Stand gemäß zu verhalten…" oder so ähnlich.

Das Buch!

Das lag unbeachtet bei Irmgard in der Klinik und ich hatte es nie richtig gelesen…
Die Zeittafel am Anfang!
Ich hatte sie kurz überflogen.
Die Kaiserin ist nicht sehr alt geworden, sie wurde ermordet

„…Ihre Wäsche war wundervoll und außerordentlich fein. Ihre Nachthemden waren ganz einfach, aber immer mit mauve Seidenbändern durchzogen und gebunden. Unterröcke trug sie nie und bei ihren frühen Spaziergängen im Sommer zog sie die Schuhe über die nackten Füße und trug das Kleid immer unmittelbar auf dem nackten Körper…“

(Gräfin Marie Larisch, eine Nichte der Kaiserin)

„ Sie hat die Operation überstanden, jetzt heißt es abwarten!"
Die Monitore piepten unablässig und außer das noch ein paar Schläuche mehr hinzugekommen waren, konnte man keinen erkennbaren Unterschied ausmachen.

Meine Ohren piepten. Ich konnte das noch immer leise hören.
Wie lange das wohl anhielt?
Ein paar Tage später hatte ich mich ganz gut erholt.
Ich hatte noch viel geschlafen und versucht beunruhigende Gedanken zu verdrängen. Teilweise hatte ich darauf gewartet ob ich morgens nach dem Aufwachen wieder in meinem Bett zu Hause in der Schulerstraße lag und das alles nur ein witziger Traum war. Aber jeden Morgen erwachte ich mit der gleichen Figur, der gleichen Haarpracht in den Räumen der Kaiserin.
Wie sollte es jetzt weitergehen?
Ich musste anfangen dieses ungewollte Leben zu leben, ich konnte nicht ewig im Bett liegen blieben und darauf hoffen das irgendetwas passierte.

Ich brauchte eine Zigarette, ob man die hier wohl bekommt?
„Irma...ich brauche eine Zigarette, wo bekomme ich die her?", rief ich als ich eines Tages an dem es mir schon recht gut ging, aus dem Badezimmer herauskam.
„Euer Majestät, eine Zigarette?"
„Ja, das kann doch nicht so schwer sein, selbst 1867 wurde, äh... wird doch geraucht, oder nicht?"
„Ja... aber, Elisabeth!", entsetzt verzog sie ihr Gesicht.
„Elisabeth...Elisabeth," äffte ich sie nach.
Irma schüttelte unverständlich den Kopf und schaute mich vorwurfsvoll an.
„Irma, laß uns einkaufen gehen, geht das?"

Ich musste raus aus diesen Räumen und mich im alten Wien umsehen, ich war neugierig.

„Kann ich mich nicht irgendwie verkleiden und wir beide gehen raus auf den Kohlmarkt und kaufen Zigaretten?"

Ich glaube Irma wollte mir die Hand auf die Stirn legen um zu testen ob ich noch Fieber habe.

„Ich besorge Euch eine Zigarette, aber um hinauszugehen ist es deutlich zu früh Majestät."

Enttäuscht setzte ich mich in meinem schönen Nachthemd auf das Bett und schmollte.

„Na dann mal los," sagte ich zu meiner netten Hofdame und winkte ihr herrisch zu „auf…zack, zack, besorg mir einen Glimmstengel, ich brauche jetzt echt einen, ich werde nämlich langsam verrückt hier."

Irma lächelte leicht, verbeugte sich, ging ein paar Schritte rückwärts durch eine Tür hinaus und ließ mich allein.

Ich ging ins Bad und wollte mir Creme für mein Gesicht holen, denn ich hatte diverse kleine Töpfchen vor dem Spiegel gesehen.

Kosmetisch gesehen war die Kaiserin für 1867 wirklich nicht schlecht ausgestattet.

In einem Topf befand sich eine Creme die stark nach Veilchen duftete und ich wurde sofort an den Geruch erinnert der mich im Stiegenhaus erreichte als ich 2004 in das Zimmer der Kaiserin ging und ich damals glaubte die Stimme der Putzfrau gehört zu haben. Inzwischen war ich der Meinung, das all die seltsamen Dinge, die ich in meiner Zeit in der Hofburg erlebt hatte, Ausschnitte aus dem Leben der Kaiserin waren.

Irgendwie, sollte ich wohl, warum auch immer, auf dieses Leben vorbereitet werden. So ganz erklären konnte ich mir das nicht, aber ich würde schon noch dahinter kommen.

Ich testete die Creme mit dem Veilchenduft, sie war angenehm auf dem Gesicht und sehr weich. Ein weiteres kleines Tiegelchen stand daneben.

Als ich auch das öffnete, roch es nach Rosen.

Weitere Behälter mit den verschiedensten Kosmetikartikeln fand ich auf einem Regal. Also in dieser Hinsicht würde ich hier wohl nichts vermissen.

Ich war ganz begeistert von der wunderbaren Naturkosmetik die hier im Badezimmer stand. Lavendelduft, Avocadoöl, Orangenblütenwasser und Erdbeerdüfte erkannte ich sofort. Einfach alles war da, außer das die Markennamen unserer Zeit nicht auf den Töpfchen klebten, roch es ganz genau so wie in meiner Lieblingsparfumerie.

Ganz in der Pflege meines neuen Körpers gefangen, vergaß ich völlig die verlangte Zigarette.

Irma trat ins Zimmer, war ein wenig außer Atem und berichtete gutgelaunt und vor sich hin kichernd aber auch ein wenig aufgeregt:

„Ich habe durch die Hofdame Marie einen Wachmann bestechen lassen und der hat auch direkt ein paar Zigaretten herausgegeben. Wenn ich persönlich gefragt hätte, wäre das sicherlich aufgefallen," lachte sie und händigte mir ein paar sehr schicke, lange Zigaretten aus.

Ich zündete mir mit den ebenfalls ergaunerten Streichhölzern eine Zigarette an und zog genüsslich daran.

„Oh, tut das gut, jetzt kann ich überlegen wie es weiter gehen soll. Kann ich davon noch ein paar als Reserve haben?", sah ich Irma bittend an.

„Das lässt sich bestimmt machen," nickte Irma „Marie wird ein paar besorgen lassen, nur der Kaiser sollte von eurer neuen Vorliebe besser nicht unterrichtet werden, sonst könnte er euch für noch seltsamer halten als ohnehin schon."

„Ja, ich rauche nur wenn wir allein sind, bei Staatsbanketten werde ich es mir verkneifen, obwohl…"

„Komm nur nicht auf dumme Gedanken", schaute Irma mich vorgetäuscht böse an „du wirst dich heute Abend benehmen!"

Ich sprang auf „Heute Abend?"

„Heute Abend Majestät. Ein kleiner Kreis geladener Gäste und man erwartet das Erscheinen der gerade genesenen Kaiserin. Also keine Ausreden und kein Herumdrücken bitte, die Friseurin und die anderen Hofdamen stehen bereits vor der Tür um dich anzukleiden" und sie begann an meinen Haaren zu zupfen.

Mir wurde mulmig und ich setzte mich wieder auf einen bereitstehenden Hocker. Aber was soll es, da muß ich jetzt durch.

Ich zog noch einmal kräftig an meiner leckeren Zigarette, die irgendwie viel würziger schmeckte als die von 2004 und drückte sie dann in einem kleinen, schönen Porzellanschälchen aus

„Gut, laß die Damen eintreten. Möge die Show beginnen."

„Wie meinen sie, euer Majestät?"

„Ach nichts, laß uns anfangen sonst verliere ich den Mut."

Ich wurde von mehreren Hofdamen angekleidet und frisiert.

Die letzten Tage waren durch Gespräche mit Irma, wie im Flug vergangen.

Sie hatte mir so allerhand erzählt, was in der letzten Zeit so passiert war und mich mit meinen Hofdamen bekannt gemacht.

Und ich konnte dumm erscheinende Fragen stellen, die sie meinem Gedächtnisschwund anrechnete.

Nun saß ich in meinem Gemach und ließ mich für meinen ersten Gang aus dem Zimmer zurecht machen.

Die Hofdamen zupften ewig an mir herum, so das ich langsam wütend wurde.

Die Friseuse hinter mir wand sich meine Haare um die Hände, flocht sie zu langen, schweren Zöpfen und steckte sie in einer Geschwindigkeit elegant auf meinem Kopf zusammen, die mich in Erstaunen versetzten.

Allerdings riß sie teilweise sehr unsanft an den Haaren und als ich es nicht mehr aushielt wurde ich wirklich sauer.

„Fanny, passen sie auf! Es reicht, frisieren sie gefälligst vorsichtiger, mein Schädel ist noch nicht belastbar für ihre rabiate Behandlung."

Ich war die Kaiserin, sie hatte zu gehorchen. Sie machte einen Knicks

„Ja, euer Majestät, verzeiht."

Na also... geht doch, dachte ich.

Ich war in den letzten Tagen nicht mehr ganz so froh gelaunt.

Seit mich der Gedanke an den Tod der Kaiserin nicht mehr losließ, war ich etwas melancholisch geworden.

Aber was blieb mir anderes übrig als mich mit dieser Situation abzufinden?

Egal wie lange ich in dieser Zeit noch zu leben hatte, vielleicht

war ich in meiner Zeit ja bereits tot und bekam hier die Chance noch ein paar Jahre zu existieren.
Aber die Todesart erschreckte mich doch sehr.
Ermordet!
Durch wen? Wann? Wo?
Verdammt, wenn ich doch nur früher ein Buch über die Kaiserin Elisabeth gelesen hätte.
Aber wer weiß, vielleicht ist es besser, nicht so viel zu wissen.
So weiß ich halt genauso wenig über meine Zukunft 1867 wie über die 2004.
Aber es macht einen doch irgendwie nervös und das ließ ich meine Umgebung auch spüren.

Alles konnte ich mir erlauben.
Ob ich mich exzentrisch, egoistisch, übellaunig oder schalkhaft benahm, alles wurde von meinen Hofdamen einfach hingenommen.
Ich war schließlich die Kaiserin!
Und es machte mir Spaß.
Ich musste nur die Zukunftssorgen verdrängen.
2004 machte ich mir ja auch nicht stündlich Gedanken darüber, ob mich das nächste Auto überfuhr und mein Leben plötzlich zu Ende wäre.
Ich bin jetzt hier aber ich weiß nicht wie lange.
Also begann ich zu leben.
Als Kaiserin Elisabeth von Österreich.

„...sie setzte sich nicht, sondern sie ließ sich nieder, sie
stand nicht auf, sondern sie erhob sich..."

(Kaiser Wilhelm der II über Kaiserin Elisabeth)

Das ältere Ehepaar saß rechts und links vom Bett und schauten der Patientin beim atmen zu. Eine Maschine atmete für sie, nur die alte Dame hielt ihre Hand und sprach unablässig auf sie ein:„...du wirst wieder gesund, du schaffst das, du bist stark...!"

Mein erster Ausflug ins Kaiserreich, war ein Gang in Begleitung meiner Hofdamen zu einem Dinner.

Ich war so aufgeregt, dass ich überhaupt keinen Hunger hatte.

Als ich mein Zimmer verließ, warf ich einen letzten Blick in den Spiegel und war begeistert.

Ein Traum von einem Kleid, in einer Figur die dafür geschaffen war.

Die Hofdamen haben ewig gebraucht um mich dahinein zu kriegen.

Zuerst zwängten sie mich in sperrige Korsetts und einen Reifrock aus Holzstäben.

Da die Prozedur so lange dauerte, wollte ich mit dieser Konstruktion zwischendurch auf die Toilette gehen.

Das war fast unmöglich. Ich konnte mich weder setzen noch bekam ich genügend Luft.

Das ging ja gar nicht.

Als ich dann aus dem Bad kam, besann ich mich darauf, dass ich ja die Kaiserin bin und wenn ich etwas wollte beziehungsweise nicht wollte…

So riß ich mir dieses ganze Gestänge um mich herum ab, warf es wütend auf den Boden und rief:

„Schluß damit, das ist ja entsetzlich, wie könnt ihr euch darin bewegen? Die Unterwäsche die ich trage reicht völlig aus, zieht mir das Kleid so darüber, los helft mir," befahl ich den verblüfft dreinblickenden Hofdamen die um mich herum standen wie die

Zuschauer einer Tragödie.

Ich denke für einige war es unvorstellbar, das ich mich so gegen diese Art der Kleidung zur Wehr setzte aber wenn ich hier noch etwas von meinem Leben haben wollte, dann sollte ich es mir doch so bequem wie möglich machen, oder?

Man zog mir das Kleid über und ich verstand warum man dazu mehrere Personen benötigte. Alleine kam man damit gar nicht zurecht.

Es saß perfekt, da keine störenden Holzgitter mir die Freiheit nahmen, mich in alle Richtungen frei zu bewegen.

So gewandet erschien ich zu meinem ersten Dinner in der Hofburg.

Ich erschien.

Das sind genau die richtigen Worte, die beschreiben was passierte, als ich den festlichen Speisesaal betrat.

Als ich eintrat erhoben sich alle anwesenden Gäste.

Kein schlechtes Gefühl, sage ich ihnen, kein schlechtes Gefühl!

Die Herren machten eine elegante Verbeugung und die Damen einen Hofknicks.

Der Kaiser kam mit ausgestreckten Armen auf mich zu, um mich in Empfang zu nehmen.

Ich sah ihn jetzt zum zweiten mal, das erste mal hatte er an meinem Bett gesessen und deshalb merkte ich auch erst jetzt, dass er viel kleiner war als ich.

Ein ganzes Stück kleiner sogar, wie niedlich, dachte ich und ein zärtliches Gefühl für diesen Mann keimte in mir auf.

Als er bei mir stand verbeugte auch er sich und geleitete mich an meinen Platz.

Leise flüsterte er mir zu:

„Geht es dir entsprechend gut, wirst du das Dinner durchstehen?"

„Ich denke schon, ich werde still dasitzen und lächeln."

Und genau das tat ich die ganze Zeit über.

Ich saß still auf meinem Platz und aß auch nur sehr wenig. Vor lauter Aufregung und weil es mir auch nicht wirklich schmeckte.

Ein wenig Suppe und Wein verdünnt mit Wasser, mehr war nicht drin.

Es wurden mehrere Gänge serviert, in denen ich ein bisschen herumstocherte, aber sie wurden auch schnell wieder abgeräumt, deshalb fiel mein halbherziges Essen nicht auf.

Langsam bekam ich mit, das immer wenn der Kaiser mit einem Gang fertig war, auch die Gäste aufhören mussten zu essen. Und der Kaiser war ein Schnellesser!

Also hieß es zügig essen, wenn man satt werden wollte.

Mir war das sehr recht, so konnte ich mich auf die Gespräche um mich herum konzentrieren.

Ich kannte keinen der Namen, die mir vorgestellt wurden.

Soweit ich beurteilen konnte, saß niemand von politischer Bedeutung am Tisch.

Gut...dann kann ich mich auch nicht blamieren.

Nichtsdestotrotz hielt ich mich sehr zurück und antwortete, auf die an mich gerichteten Fragen, nur sehr einsilbig und leise, damit ich nicht weiter auffiel.

Was allein schon sehr schwer war, denn alle Anwesenden schauten unablässig auf mich, als wäre ich ein seltenes Tier.

Ich fühlte mich schrecklich beobachtet.

Obwohl ich wusste, dass ich phantastisch aussah, hatte ich doch einen kleinen Makel an der Kaiserin entdeckt.

Meine Zähne waren nicht so schön wie der Rest von mir.

Sie waren sehr gelb, und als ich das im Spiegel das erste mal entdeckte war ich schockiert.

Daran musste ich etwas ändern, aber schleunigst, dachte ich spontan, bis mir einfiel das 1867 ein Zahnarztbesuch sicher kein Vergnügen war.

Also beschloß ich den Mund ganz einfach zu halten und durch meine Schönheit zu glänzen, da ich sowieso noch nicht besonders viel zu sagen hatte.

So verlief das Essen ohne Zwischenfälle und ich, der Kaiser und alle Anwesenden waren mit mir und meiner Erscheinung zufrieden.

Erst in mein Zimmer zurückgekehrt, ließ ich alle Anspannungen fallen.

Ich knöpfte mir meine Halsmanschette auf um mir Luft

zukommen zu lassen und plumpste auf einen Sessel.

„Was für ein Affenzirkus. Das ist ja unerträglich," seufzte ich und Irma, die mit mir gegangen war, lachte.

„Ja, das war noch nie deine Lieblingsbeschäftigung. Diese Repräsentationspflichten hast du noch nie gebraucht."

„Das wird es auch nicht, darauf kannst du dich verlassen. Sag mir wohin wollte ich vor meinem Unfall reisen?"

„Wir waren eigentlich auf dem Weg nach Ungarn zu deinen Pferden!"

Ungarn, dachte ich, Pferde ! Was für eine herrliche Idee.

Ich hatte im Laufe der Zeit herausgefunden, dass Irma Ungarin war und daher ihr schöner Dialekt stammte.

Ich war Kaiserin, ich hatte viel Geld und ich hatte alle Zeit der Welt… hoffte ich.

Wenn nicht jetzt, wann sollte ich etwas von der Welt sehen?

Selbst in meinem Jahrhundert war ich noch nicht weit gereist.

„Irma, was sollen wir noch hier, warte ich auf irgendetwas Wichtiges in Wien? Irgendwelche Pflichten die ich noch zu erfüllen habe? Wie schnell können wir hier weg?"

„Viele der Gepäckstücke sind noch gepackt, da wir die Ziegen und Kühe hier lassen können, weil es in Ungarn genug gibt, sind wir schnell reisefertig"

Ziegen? Kühe? Wozu ?

Ich fragte besser nicht, so schwieg ich und schaute wahrscheinlich ein wenig verwirrt, so das Irma sich veranlasst fühlte zu erklären.

„Ihr trinkt nur die Milch eurer Ziegen und Kühe, vergessen, Majestät?"

„Nein, nein, macht schon Sinn," sagte ich schnell „Irma bereite alles vor, ich will hier weg," befahl ich herrisch, ganz die Kaiserin von Österreich.

„…die Reiseziele sind nur deswegen begehrenswert, weil die Reise dazwischen liegt. Wenn ich irgendwo angekommen wäre und wüsste, das ich nie mehr mich davon entfernen würde, würde mir der Aufenthalt im Paradies zur Hölle…!“

(Kaiserin Elisabeth
zu ihrem Vorleser Christomanos)

„ Sie hatte so viele Pläne, und sie ist so jung, das ist doch nicht fair," weinte die ältere Frau am Bett. Hinter ihr stand eine Krankenschwester, machte sich Notizen über die Patientin und legte der Frau die Hand tröstend auf die Schulter: „Viele erwachen wieder, geben sie die Hoffnung nie auf!"
Und der Monitor piepte weiter.

Ich saß in einem eilig dahinbrausenden Extrazug und außer dem Rattern der Räder und dem beständigen, leisen aber nachlassendem Piepen in meinem Ohr, gab es nichts was mich störte.

Keine Mitreisenden, kein Lärm um mich herum und keiner der mich in Gespräche verwickelte die ich nicht führen wollte.

Denn der Zug, besser gesagt drei seiner Wagons, gehörten mir alleine.

Welch ein Luxus.

Ich hielt ein Buch in den Händen das Irma mir gegeben hatte.

Ich lernte ungarisch und es fiel mir leicht, es war eine wunderschöne Sprache.

Schon in Wien hatte ich begonnen diese Sprache zu lernen.

Während der Frisierstunden war mir immer so langweilig und ich wollte mich sinnvoll beschäftigen.

Bei einer dieser langen Frisiersitzungen, die in meinem Badezimmer stattfanden, blickte ich zwischendurch in den Spiegel und sah exakt dasselbe Bild wie ich es schon erlebt hatte, als ich noch Alice war und mich das erste Mal im kaiserlichen Badezimmer wiedergefunden hatte:

Mein, mir mittlerweile als eigen anerkanntes, zartes Gesicht und das vertraute Gesicht meiner Friseuse Fanny hinter mir im Spiegel.

Als ich in diesem Moment an mir herunterblickte, sah ich das in ungarischer Sprache geschriebene Buch in meinen feingliedrigen Händen und musste lächeln. Ich fühlte mich eigentlich ganz glücklich. Genau diese Szene hatte ich erlebt und heute erschien sie mir fast selbstverständlich.

Ich konnte nicht aufhören zu lächeln und das veranlasste meine Friseuse dazu ein wenig gröber an meinen Haaren zu reißen.

Dieses Mädchen machte mich wahnsinnig.

Sie sah mir unglaublich ähnlich und war teilweise sehr unverschämt, weil sie genau wusste , das ich von ihren Launen abhängig war.

Ich war nicht in der Lage mir meine Haare selbst zu frisieren.

„Fanny, ich kann mir die Locken auch abschneiden lassen, dann sind sie ratz-fatz arbeitslos oder können für einen Hungerlohn wieder zurück ins Theater gehen…also etwas vorsichtiger bitte", sagte ich dann befehlend zu ihr.

Sie knickste dann höflich, wusste aber genau, das ich diese Drohung nie wahr machen würde. Und so blieben wir in einem angespannten Verhältnis voneinander abhängig.

Ich wollte mich aber nicht von ihr trennen, denn sie war eine Haarkünstlerin und irgendwie erschien es mir nützlich jemanden in meiner Nähe zu wissen, der mir so sehr ähnlich sah. Man weiß nicht wozu das noch gut sein sollte.

In eben diesen langweiligen Frisier und Ankleidezeiten, lernte ich wie verrückt die ungarische Sprache. Irma half mir mit der Aussprache und ein Abgesandter aus Ungarn brachte mir die Kultur näher.

Das erschien mir die beste Art des Zeitvertreibs, wenn man sowieso stillhalten muß.

Die Abreise aus Wien verzögerte sich natürlich.

Auch wenn man Kaiserin ist, geht nicht alles so wie man es gerne möchte. Bevor ich abreiste, musste ich noch einige Diskussionen mit dem Kaiser hinter mich bringen.

Der mir anfangs sehr liebenswürdig erschien und mir auch sehr gefiel.

Ich fühlte mich auch irgendwie zu ihm hingezogen, aber nicht auf leidenschaftliche Art. Eher bewunderte ich ihn für das was er darstellte.

Er war ein netter, sanfter Mann, aber gewohnt zu befehlen. So redete er auf mich ein wie ein alter Schullehrer den ich in der Grundschule einmal hatte und an den er mich erinnerte und das ging mir gehörig auf die Nerven.

Ich wollte mich nicht seinen Befehlen und vor allem nicht denen seiner Mutter beugen.

Ein altes zänkisches Weib aus dem letzten Jahrhundert zu der ich nur so viel sagen möchte: Ein weiblicher General Feldmarschall, gemischt mit Gemeinheiten und einem großen Einfluß auf ihren Herrn Sohn, den Kaiser.

Ebenfalls möchte ich in meinen Erzählungen darauf verzichten, die wenigen Gespräche die ich mit ihr führte, zu erwähnen. Denn sie hielt mich wegen meiner Aussprüche wie „zänkische alte Vettel" und „frustriertes Mannweib" für undankbar und unpassend den Titel Kaiserin von Österreich zu führen.

Womit sie ja auch irgendwie Recht hatte.

Da ich es nicht gewohnt war, das jemand mir Vorschriften über meinen Aufenthalt machte, lächelte ich den Kaiser die ganze Zeit über nur an während er mir darlegte wie dringend ich doch in Wien gebraucht würde.

„Niemand braucht mich hier", antwortete ich ihm gelassen während wir alleine an einem Tisch saßen und frühstückten.

Frühstücken bedeutete, er aß und ich zerbröselte einen Kuchen auf meinem Teller, da mir in seiner Gegenwart kein Bissen die Kehle hinunter wollte.

„Sag einmal, isst du überhaupt nichts mehr? Das ist ja nicht zum hinschauen, von was ernährst du dich?", fragte er mich immer wieder.

Auch auf diese Fragen gab ich ihm keine Antwort.

Ich hätte ja sagen können, das ich lang genug dick und klein gewesen bin und ich mich unheimlich wohl fühlte, in meiner neuen sportlichen Gestalt, aber das hätte nur wieder ein Kopfschütteln verursacht und hätte als weiteres Zeichen gegolten, das ich sie nicht mehr alle auf dem Christbaum hatte.

Und um das zu vermeiden wurde ich ihm gegenüber immer schweigsamer.

Das gemeinsame Essen war auch eine Ausnahme und diente nur seinem Zweck, mit mir in Kontakt zu treten, weil ich mich von ihm zurückzog und seine Gesellschaft mied, wo immer es nur ging.

Da ich immer noch Angst hatte irgendeinen dummen Fehler zu begehen.

Und ein so mächtiger Mann, von dem man in 100 Jahren noch ehrfürchtig sprechen wird, verursacht einem schon Herzklopfen wenn man ihm gegenüber steht, auch wenn man ihn um Haupteslänge überragt.

Und vor dem intimen Zusammensein wollte oder musste ich mich auch drücken solange es mir möglich war, denn das war für mich unvorstellbar.

Ich meine ich bin 2004 nie wählerisch gewesen was meine Männerbekanntschaften anging, aber etwas Liebe und Anziehung musste schon dabei sein, sonst ging gar nichts.

Ich fand den Kaiser zwar niedlich und auch interessant in seiner Funktion als Landesoberhaupt, aber als Mann erschien er mir nicht wirklich attraktiv.

Allerdings hatte ich schon das Gefühl, das er mich sehr liebte.

Er tat mir einfach nur Leid in seiner Unbeholfenheit mir gegenüber und so war ich wenigstens liebevoll und zärtlich mit meinen Worten, damit ich ihn nicht zu sehr verletzte.

Aber er hielt mich nicht in Wien, sondern vertrieb mich daraus.

Vielleicht wäre alles anders gekommen, wenn ich ihn hätte lieben können wie einen Mann nicht wie einen Bruder.

So verließ ich Wien mit meinem nötigsten Gefolge in einem eilig dahinbrausenden Extrazug nach Ungarn.

Irma kam in den Wagon machte einen Knicks und lächelte mich an:

„Geht es Ihnen gut, Majestät?"

„Wieder Majestät? Laß das mal bleiben, wir sind alleine und auf dem Weg in die Freiheit. Ich freue mich auf Ungarn als ob ich zum ersten Mal hinfahre," blinzelte ich Irma an.

„Wir sind fast da. Am Bahnhof werden einige Menschen stehen um dich zu sehen und um ihre Königin zu empfangen, fühlst du dich dazu bereit?"

„Ja natürlich, allerdings will ich mich nicht lange aufhalten und zügig die Kutsche besteigen, mach das bitte möglich."

So geschah es.

Am Bahnhof spielte ein wenig Musik und viele Menschen riefen „Erzebet", mein ungarischer Name.

Ich fühlte mich dabei sehr wohl, denn niemand war aufdringlich und alle hielten den gebührenden Abstand, so das ich mich nicht in die Enge getrieben fühlte.

Es gab Blumen für mich und Irma steuerte mit mir zielstrebig den bereitstehenden Wagen an.

Ungarn und das Schloß Gödöllö waren ein Traum.

Einen besseren Urlaubsort konnte sich keiner vorstellen.

Herrliche Landschaften und Pferde im Stall von denen ich bisher nur geträumt hatte.

Und sie gehörten alle mir!

Was hatte ich mir immer gewünscht? Ein Schloß und ein paar Millionen um es einzurichten.

Hier war ein Schloß, aber es war schon mit den herrlichsten aller Möbeln ausgestattet, die man sich nur vorstellen konnte.

Herr Knütter wäre hier genau richtig, aber nein, Moment, er hätte ja gar nichts zu tun. Die Antiquitäten waren hier ja noch gar keine…

Mir fehlte meine Arbeit irgendwie überhaupt nicht.

Ich war genug damit beschäftigt, Kaiserin zu sein und mich in dieser Rolle nicht zu sehr zu blamieren oder seltsam aufzuführen.

Ich fühlte mich auch nicht unwohl in meiner neuen Haut.

Ganz im Gegenteil. Ich achtete auf meine Figur und auf meine Ernährung wie ich es noch nie in meinem Leben getan hatte.

Hier, 1867, hatte ich die Zeit dafür. Jeder Wunsch wurde mir von den Augen abgelesen, ich brauchte nur „piep" zu sagen und „piep" wurde ausgeführt, herrlich.

Ich turnte regelmäßig an meinen Ringen und den Stangen, machte

Gymnastikübungen auf dem Boden und aß nicht sehr viel.

Einfach auch weil mir nichts wirklich schmeckte.

Irgendwie würzten sie hier anders und das ewige Fleisch war mir zuwider. Ich aß viel Gemüse und trank ausreichend Wasser und viel Milch.

Und nicht zu vergessen...das Reiten hielt meinen schönen Körper topfit.

Ich ritt täglich aus.

Weil es mir Riesenspaß machte, weil all die schönen Tiere in den Stallungen der Hofburg mir gehörten und weil ich aus den höfischen Zwängen fliehen musste um mich nicht zu verraten.

Denn viele meiner Angestellten und Hofdamen begannen sich über mein Verhalten zu wundern. Ich war seltsam in meiner, für sie neuen, Verhaltensweise.

Irma beruhigte mich aber immer wieder, wenn mir selbst Zweifel an meiner saloppen Art kamen .

„Sie hielten dich schon immer für verrückt und eigenwillig, bleib so wie du bist und scher dich nicht um ihre Meinung, sie war dir noch nie wichtig", sagte Irma dann zu mir.

Allerdings um den Kaiser machte ich mir Sorgen. Wie sollte ich mich ihm gegenüber verhalten?

Ich begann schon im Zug einen Brief an ihn zu schreiben, der voll war mit Nettigkeiten, um ihn ein wenig zu trösten.

Und damit beruhigte ich mein Gewissen sehr.

In Ungarn angekommen ritt ich schon am ersten Tag auf einem wundervollen Pferd, das mir zu passen schien wie meine Kleider.

Ich ritt in Wien oft im Damensattel, dass hatte ich 2004 aus Spaß einmal probiert und es hatte ganz gut geklappt.

Hier gab ich mir erst gar keine Mühe im Damensattel zu reiten und außer einer besonders sportlichen Hofdame, hatte ich keine Begleitung, es schien aber auch niemanden zu verwundern.

Ich konnte den ganzen Tag tun und lassen was ich wollte und ich fühlte mich großartig.

Das Schloß war gemütlich eingerichtet und meine Damen und ich entspannten uns schnell in der lockeren Umgebung.

Am zweiten Tag nach meiner Ankunft war Haarwaschtag.

Wenn ich sage Haarwasch -Tag, dann meine ich auch einen Tag.

Diese Haare waren eine Pracht, die aber um 1867 so ihre Tücken hatte, deshalb wurden sie ungefähr alle 10 Tage gewaschen, was immer einen großen Aufwand darstellte.

Es wurde mit destilliertem Wasser, ungefähr 100 rohen Eiern und Cognac gewaschen.

Eine unglaubliche Vorstellung und als ich diese Prozedur das erste mal über mich ergehen lassen musste, langweilte ich mich unendlich.

Denn es dauerte bis zum Trocknen der Haare eine Ewigkeit und so begann ich, während dieser langen Wartezeiten, meine ungarischen Sprachkenntnisse zu vertiefen.

Immer wieder wurden die langen Haare von zwei Mädchen gewaschen und gespült, anschließend wurden sie regelrecht zum trocknen aufgehängt.

Meistens über die Turngeräte die ja in jeder Burg standen.

Als ich das erste Mal so mit meinen aufgehängten Haaren eine Ewigkeit stillsitzen musste, entfuhr mir mit einem lauten Stöhnen: „Himmel - ein Königreich für einen Föhn!", worauf mich eine der Hofdamen anschaute als ob ich nach einem Düsenjet gefragt hätte.

„Euer Majestät wünschen einen Fön?", fragte sie entsetzt „aber euer Majestät fühlen sich bei Fön Wetter nie sehr wohl und haben immer starke Kopfschmerzen, deswegen verstehe ich nicht ganz warum…" .

„Schon gut, schon gut vergiß es einfach Marie", beruhigte ich sie schnell, weil ich in diesem Moment erst merkte was ich geäußert hatte.

„Manchmal denke ich zu laut und dann kommen seltsame Sätze dabei heraus."

Die Hofdame knickste vor mir und verschwand rückwärtslaufend durch eine Tür, sicherlich um anderen Damen von ihrer wirren Majestät zu berichten.

Nun ja egal, auf diese Art und Weise wurde ich wenigstens meinem Ruf als seltsame Kaiserin, die sich weigerte sich ihrem Stand gemäß zu verhalten, gerecht.

So vergingen die Tage, ich dachte nicht an Wien, der Kaiser schrieb mir regelmäßig. Ich beantwortete die Briefe freundlich aber nichts sagend.

Er tat mir immer noch leid, aber was sollte ich nur machen,? Meine Angst einen Fehler zu begehen wenn ich nach Wien zurückkehrte war zu groß.

Oder ich könnte dort meinem Mörder begegnen, aber auch dass war nur so einen Ahnung von mir, denn hier auf dem Land fühlte ich mich sicherer als in der Stadt, die voller Anarchisten war, die einem nach dem Leben trachteten.

Aber irgendwann wird es passieren, ich versuchte diesen Gedanken soweit zu verdrängen wie nur möglich.

Doch in den stillen Nächten, in denen ich allein im Bett lag und keine Hofdame in meiner Nähe war, wurde mir manchmal mulmig.

Was sollte noch mit mir geschehen, was war mein Schicksal ?

Was passiert gerade in meiner Zeit? Bin ich dort schon tot und bekomme hier meine zweite Chance?

Manchmal wünschte ich mir nichts sehnlicher als am nächsten morgen aufzuwachen und wieder 2004 in meinem Bett in der Schulerstrasse zu liegen, wieder zur Arbeit zu fahren, meine Freunde auf dem Rathhausplatz zu treffen und Tante Inge und Onkel Horst zu umarmen.

Aber es hilft kein Jammern und Klagen, ich weiß nicht wie aber ich bin nun mal hier und es ist nicht das Schlechteste.

Ich hätte ja auch zum Beispiel im Körper eines Dienstmädchens aufwachen können, dann wäre ich echt angeschmiert gewesen, denn die müssen hier richtig schuften, dann doch besser Kaiserin.

Also tapfer voran und ein neues Leben gelebt... solange es möglich ist.

An einem meiner ersten Tage in Ungarn, als ich die Pferde in den Ställen entdeckt hatte und auch sofort satteln ließ, und kurz davor war vom Burghof zu reiten, meinte Irma zu mir:

„Majestät, meint ihr nicht, das Reiten sei inzwischen nicht mehr gut für euch?"

„Ach was, mach dir keine Sogen, du siehst ja der eine Sturz hat mich nicht umgebracht," lachte ich und dachte: wenn du wüsstest was stattdessen passiert ist…sagte es aber nicht.

Und schon war ich auf dem Weg auf das freie Feld, das hier in Ungarn Pusta genannt wird.

Als ich am Nachmittag zurückkehrte, war mir speiübel.

Ich begab mich sofort in meine Gemächer und legte mich in Reitkleidung auf mein Bett.

Irma wurde sofort informiert und eilte zu mir.

„Ich habe dir gesagt, das wilde reiten solltest du jetzt für eine Weile aufgeben, aber nein, du weißt es ja wieder besser…mache mich nicht verantwortlich dafür wenn…", schimpfte Irma wie ein Rohrspatz auf mich ein.

„Ja, es reicht Irma, ich habe verstanden, hör mit dem Gemecker auf, mir ist schon schlecht genug," sagte ich und begann zu würgen.

Irma holte sofort die Waschschüssel und hielt sie mir vor das Gesicht.

Ich konnte mich noch schnell auf die Bettkante setzen und übergab mich in hohem Bogen in die herrliche Porzellanschüssel.

„Na Bravo", schimpf Irma weiter „es geht wieder los, genau wie die anderen Male auch, nur speien , den ganzen Tag."

Als ich wieder etwas Luft geholt hatte und Irma mir mit einem feinen Tuch das Gesicht abgewischt hatte, schaute ich sie verständnislos an.

„Was für andere male? Bin ich schon mehrmals von einem Pferd so schlimm abgeworfen worden?"

„Nein erst dieses eine Mal, aber es ist ein Wunder das ihr bei diesem Sturz in Wien, nicht euer Kind verloren habt, ihr habt zu keiner Zeit geblutet. Das ihr das hier in Ungarn mit dieser wilden Reiterei wieder so gefährdet, macht mich wütend, ihr wolltet diese Kind sosehr und…", wollte sie weiterreden doch ich hielt ihren Arm fest und unterbrach sie

„Ein Kind? Welches Kind?", fragte ich und Irma streichelte mir über den Kopf während sie zu mir sagte:

„Erzebet, meine Erzebet, ihr seid guter Hoffnung!"

„…es sei meine Pflicht, meinen Bauch zu produzieren,
damit das Volk sehe, das ich tatsächlich schwanger bin.
Es war schrecklich. Dagegen schien es mir als Wohltat,
allein zu sein und weinen zu können…"

(Kaiserin Elisabeth zu einer Hofdame
während ihrer ersten Schwangerschaft)

Piep, piep, piep. Der Monitor zeigte Tag und Nacht denselben Rhythmus an.

Es war Nacht und keiner saß neben ihr, als die Lider leicht flackerten und ein Zucken um ihre Mundwinkel zu sehen war.

Ich war schwanger.

Ich bekam ein Kind.

Ich war überglücklich, freute mich wie verrückt und sprang auf, nahm Irma in den Arm und tanzte mit ihr im Raum umher, bis mir wieder schlecht und das piepen im Ohr wieder stärker wurde.

„Haben Majestät, das völlig vergessen?, fragte sie mich.

„Ja, völlig, Irma, vollkommen vergessen, du hast mir aber auch die ganze Zeit über nichts gesagt, wie hätte ich denn darauf kommen sollen. Das ich nicht blute ist ja nichts neues für mich, denn ich habe immer dieses Hormon…" ups, ich schlug mir mit der Hand auf den Mund als ich merkte, das ich vor lauter Übermut anfing über Dinge zu sprechen, die 1867 nicht bekannt waren.

Meine Hormonpillen von 2004 waren hier sicher noch nicht erfunden.

So setzte ich mich wieder auf das Bett und erholte mich von dieser Nachricht.

„Der Kaiser, weiß er es?", fragte ich erschrocken.

„Ja selbstverständlich, deshalb war er so besorgt, das ihr unbedingt nach Ungarn wolltet."

„Oh je, der arme Kleine, ich muß ihm sofort schreiben, das alles in Ordnung ist und ich mich nicht mehr gefährden werde."

Das tat ich auch. Ich schrieb einen netten, langen Brief an den Kaiser den er auch sofort liebevoll beantwortete.

Dies war der Beginn eines sehr lang anhaltenden und innigen Briefwechsels mit dem Kaiser, zu dem ich so Kontakt hielt ohne mich zu gefährden.

Die Pferde besuchte ich im Stall und ritt nur ein wenig in der näheren Umgebung umher, damit sie mich nicht vergaßen, stattdessen unternahm ich viele Spaziergänge mit meinen Hofdamen.

Was ich unter spazieren gehen verstand, war meinen Hofdamen nicht so geheuer.

In meinem Jahrhundert nannte man es „walken". Ich rannte die Berge rauf und runter um mich fit und gesund zu halten. Denn aus meiner Zeit wusste ich, das sportliches Verhalten während der Schwangerschaft keineswegs dem Kind schadet.

Nun war man hier aber anderer Meinung und schüttelte ständig den Kopf über mein unruhiges Gebaren.

Ich ließ mich aber nicht beirren und „joggte" und turnte weiter.

Das einzige was mich störte war die unbequeme Kleidung bei meinen Exkursionen. Die ewigen langen Röcke und neuen Schuhe waren sehr gewöhnungsbedürftig.

Ich begann mich freier zu kleiden, was natürlich auch wieder für Unverständnis sorgte.

Die ganzen Unterkleider und Unterröcke ließ ich einfach weg.

Das Kleid für den Tag ließ ich mir direkt über die seidene Unterwäsche ziehen.

Am bequemsten saß es, wenn man es mir morgens am Körper feststeckte.

Ich wirkte dadurch noch schlanker und war wesentlich biegsamer und beweglicher

Nun war es hier wohl üblich, das eine Kaiserin ihre Schuhe und Handschuhe nach dem ersten Tragen an ihre Hofdamen verschenkt.

Also so etwas blödes, wer hatte das denn erfunden?

War ich die Kaiserin?

Ja!

Konnte ich diese Tradition brechen oder abschaffen?

Ja!

Gut, die Hofdamen waren geschockt, aber der Zweck heiligt die Mittel und meine Schuhe wurden nach und nach immer bequemer, je länger ich sie trug.

So konnte ich auch endlich blasen meine „Joggingrunden"

drehen.

Die Einzige, die immer nur über meine „Verrücktheiten"
hinwegsah, ja sogar darüber lachte , war Irma.

Sie hatte für alles was ich tat Verständnis, nahm mich vor dem
Klatsch und Tratsch der anderen Hofdamen in Schutz und
verteidigte mich immer und überall.

„Laßt Sie", beruhigte sie die Damen „sie ist die Kaiserin, ihr habt
nicht in Frage zu stellen was sie tut. Nehmt es hin und haltet Euch
mit Kommentaren zurück."

Meine beste Freundin Irma, jetzt hier 1867. Sie sorgte für mich
und sie war es, zu der ich ging wenn ich Sorgen, Probleme oder
Fragen hatte.

Ich blieb in Ungarn.

Dieses Land erschien mir wie eine Heimat.

Ich fühlte mich fast genauso frei wie damals als ich noch keine
Kaiserin war.

Hier erwartete niemand von mir, dass ich Empfänge für
Persönlichkeiten gab, die mir nichts bedeuteten.

Hier hatte ich Zeit, die Bauern und sogar die Zigeuner, die hier
lebten, kennen zulernen.

Einige meiner Hofdamen waren immer sehr pikiert, wenn ich am
Abend die Zigeuner einlud bei uns im Hof zu nächtigen und dort
ihre Feuer zu entfachen, ihre Lager aufzuschlagen, auf ihren
Geigen Musik zu machen und dabei wild zu tanzen.

Ich hatte meinen Spaß und mein Bauch wuchs und wuchs.

Das meine Figur sich veränderte machte mir nicht das Geringste
aus.

Ich wusste, das ich sie mit eisernen Disziplin wieder zurück
bekommen würde.

Allerdings bekam ich langsam Angst vor der Entbindung.

Schließlich hatten wir inzwischen zwar 1868, aber das heißt nicht,
dass die Medizin soweit war wie 2004.

Da ging man einfach ins Krankenhaus und schwupp war das Kind
da, aber hier?

Ich wollte das das Kind in Ungarn geboren wird, hier konnte man
es mir nicht wegnehmen.

Denn als Kaiserin musste man seine Kinder in die Obhut von Kindermädchen und Erziehern geben.

Ich hatte in Wien meine beiden anderen Kinder gesehen, zu denen ich natürlich keinerlei Bezug hatte. Man stellte sie mir vor wie Fremde, die sie für mich ja waren.

Nicht nur für mich, die Kaiserin hatte wohl zu diesen Kindern überhaupt keinen Kontakt gehabt, sie standen wie zwei brave Soldaten vor mir und knicksten höflich.

Ich war in Wien selber noch so geschockt von meiner unheimlichen Zeitreise, das ich mir kaum Gedanken über diese zwei Menschenkinder gemacht hatte.

Denn wenn ich jetzt recht überlege, waren ja auch das meine Kinder.

Das Mädchen namens Gisela war etwa elf oder zwölf und sprach kein Wort mit mir, der Junge namens Rudolf, der Kronprinz, weckte in mir an jenem Tag als ich ihn sah, schon etwas mehr Ehrfurcht.

Denn über seinen Lebenslauf hat im Wien des Jahres 2004, auch schon jeder etwas gehört.

Hatte er nicht auch ein dramatisches Ende gefunden?

Als er so vor mir stand in seiner Uniform, war er wohl etwa zehn Jahre alt und tat mir sehr leid.

Er machte eine Verbeugung vor mir und fragte ob es mir schon besser ginge.

Da ich noch im Bett lag und mein Kopf hämmerte konnte ich nicht wirklich darüber nachdenken, wen ich da in diesem Moment vor mir hatte.

Die beiden Kinder wurden sofort wieder hinausgeführt und ich sah sie nicht mehr wieder.

War die Kaiserin die vor mir in diesem Körper steckte, eine gute Mutter?

Ich hatte keine Ahnung, ich glaube aber, das sie, wie damals üblich, kaum Kontakt zu ihren Kindern hatte. Denn es war ja normal diese kleinen, möglichen Thronfolger auf ein Leben als Regenten vorzubereiten und daher hatten sie strenge Tagesabläufe. Erzieher und die Erzherzogin kümmerten sich den ganzen Tag um die beiden, und ich vermute sie hatten nie einen Bezug zu ihrer Mutter.

Erst jetzt, mit dem kleinen Wesen im Bauch, das sich jeden Tag etwas bemerkbarer machte, dachte ich darüber nach.

Was waren das bloß für arme Menschenkinder, die nie eine richtige Mutter gekannt hatten?

Ob sich das wiedergutmachen ließ, wenn ich nach Wien zurückkehrte?

Ich wollte es auf jeden Fall versuchen.

Aber erst einmal hieß es, dieses Kind in mir, gesund auf die Welt zu bringen und es nicht wieder herzugeben.

Ein Mädchen!

Ein süßes kleines Mädchen namens Marie Valerie.

Die Geburt war ein Klacks.

Ruckzuck mitten im April hatte ich sie im Arm und war vor Freude außer mir.

Meine verstorbene Mutter hieß Valerie und ihr zum Gedenken wollte ich mein Kind so nennen.

Ein Gedanke schoß mir durch den Kopf.

Meine Mama wird doch erst noch geboren, könnte man da nicht... nein diese Gedankengänge erschienen mir zu absurd um sie weiter zu verfolgen.

Besonders weil ich mit meinem Kindchen so glücklich war.

Die Hofdamen, auch Irma waren entsetzt darüber, das ich mein Baby selbst stillte. Aber ich schaute sie nur lächelnd an und dachte mir, denkt doch was ihr wollt, ich bin schließlich die exzentrische Kaiserin Elisabeth von Österreich und ihr habt keinerlei Einfluß auf mein Verhalten.

„ Ich wünsche, das mir vorbehalten bleibe unumschränkte Vollmacht in Allem, was die Kinder betrifft, die Wahl ihrer Umgebung, den Ort ihres Aufenthaltes. Die komplette Leitung ihrer Erziehung, mit einem Wort, alles bleibt mir ganz alleine zu bestimmen, bis zum Moment der Volljährigkeit. Ferner wünsche ich, das, was immer meine persönlichen Angelegenheiten betrifft, wie unter anderem die Wahl meiner Umgebung, den Ort meines Aufenthaltes, alle Anordnungen im Haus, mir allein zu bestimmen vorbehalten bleibt.

Elisabeth , Ischl August 1865“

„Nein, keine Veränderung seit gestern, Herr Doktor", sagte die Schwester.

„Wir können nur abwarten und hoffen das keine erneute Blutung auftritt, dann sieht es schlecht aus."

Die Ärzte entfernten sich vom Bett und die Schwester wechselte die blutigen Verbände.

Wir waren wieder in Wien und mein Leben im Namen der Kaiserkrone nahm seinen Lauf, ohne das ich etwas hätte ändern können.

Ich fügte mich in dieses Leben, als wäre es immer meines gewesen.

Allerdings benahm ich mich schon etwas seltsam.

Immer wieder gab es Spekulationen darüber, ob ich geistig völlig gesund sei.

Denn ich zog mich oft zurück und tat Dinge die man als Kaiserin nicht tun sollte.

Ich umgab mich zum Beispiel gerne mit vielen großen Hunden.

Nun hatte ich die Möglichkeiten dazu sie mir zu halten und ich lebte diese Leidenschaften auch aus.

Ich legte mir gleich drei Tiere zu.

Ein großer Wolfshund folgte mir auf Schritt und Tritt wie ein Schatten, Shadow war sein Name.

Ich liebte ihn wie meine „Einzige", Marie Valerie.

Ich nannte sie mein einziges Kind, weil es mein einziges Kind war.

Sie war täglich um mich und ich alleine erzog sie.

Eines Tages, als ich von einem Reitausflug im Prater, zurück in die Hofburg kam, merkte ich, wie es mich zu meinem Kind zog.

Sie war noch zu klein um auf einem solchen scharfen Ritt durch den Wald mitzukommen, ich hatte richtig Sehnsucht nach den zarten Kinderärmchen.

Und sobald ich in der Burg angekommen war lief ich die Stiegen hinauf durch die geheimen Gänge die es auch 2004 noch geben wird, und betrat im ersten Stock einem Raum, von dem ich wusste er führt weiter in die Kinderzimmer von Marie Valerie.

Dort sah ich in der Ecke meine Kleine sitzen, mit dem Rücken zu mir, vor einem Puppenhaus. Sie trug ein weißes Kleidchen mit passender Schleife im Haar, drehte sich zu mir um, rief „Mama" und kam auf mich zugelaufen.

Ich ging in die Knie um sie aufzufangen und merkte in diesem Moment, das ich diese Szene schon einmal erlebt hatte.

Genau dies hatte ich im Jahre 2004 erlebt, als es mich an dem Abend in die Gemächer gezogen hatte und ich nicht genau wusste warum oder nach wem ich solche Sehnsucht hatte.

Jetzt wusste ich es, es war meine Tochter die da auf mich zugelaufen kam, zu der es mich so hinzog.

Und ich fiel nicht hintenüber, das Kind vor mir löste sich auch nicht in Luft auf und kein übellauniger Hofburgnachtwächter schrie mich an.

Das Kind rannte auf mich zu, ich fing es auf und wir rollten uns lachend zusammen über den Boden.

Ich war glücklich das diese Szene sich nicht auflöste, sondern das sie jetzt meine Realität war und ich mochte es mir gar nicht mehr vorstellen , das es wieder anders sein könnte.

Zu Rudolf und Gisela fand ich keinerlei Zugang, beide waren ein Opfer ihrer bisherigen Erziehung und ich hatte keinen Einfluß mehr.

Obwohl ich mir wirklich Mühe gab, den Kaiser zu mögen trennten uns Welten.

Ich glaube es waren ziemlich genau 130 Jahre die uns trennten.

Meine Gedanken spielten sich noch zu sehr im Jahre 2004 ab, als das ich mich mit seinen antiquierten Vorstellungen und Handlungen hätte abfinden können.

So sahen wir uns nur sehr selten.

Als ich merkte wie man den kleinen Rudolf mit militärischen Manövern und schlimmen Treibjagden zu den unmöglichsten

Zeiten quälte und dem Kind nicht mal etwas Luft ließ um zu spielen, tickte ich mal kurz, in einem Anfall von Mitgefühl und wahrscheinlich Panik wegen meiner hilflosen Lage, aus.

Ich schrie die ganze Hofburg zusammen, platzte in eine Audienz des Kaisers, unterbrach ihn bei wichtigen Gesprächen um die Situation für Rudolf angenehmer werden zu lassen.

Ich riß die Tür zum Audienzzimmer auf und mehrere Gestalten krümmten sich in meine Richtung fast bis zum Boden.

Mein Haar hing halb frisiert an mir herunter und ich sah wahrscheinlich aus als ob ich gleich irgendetwas kurz und klein schlage, denn der Kaiser winkte sofort alle aus dem Zimmer. Die Türen waren noch nicht ganz hinter ihnen geschlossen, da legte ich los:

„Sag mal geht's noch? Rudolf wird gerade unten im Hof bei strömenden Regen, mit Militärmanövern gequält, man sagte mir er wurde mit Schüssen aus dem Schlaf gerissen. Es ist sechs Uhr dreißig, wann steht der Junge auf? Um vier? Wollt ihr das er durchdreht und bei Freud auf der Couch landet? Oder möchtet ihr ihn demnächst im Narrenturm besuchen?" Ich schlich um den Kaiser herum der ein wenig ängstlich vor mir Wahnsinnigen zurückwich.

Auch ich verlor plötzlich den Mut, den mir meine unbändige Wut verliehen hatte, als ich von meinem Zimmer in den Hof schaute und den kleinen Kerl dort im Regen stehen sah.

„Ihr seid hier doch alle zurückgeblieben, ihr lebt ja noch im vorherigen Jahrhundert," schrie ich noch, ließ den verblüfften Kaiser zurück und sauste wieder durch die Tür, durch die ich gekommen war.

Der Kaiser folgte mir nicht und setzte seine Audienz einfach fort.

In meinen Gemächern angekommen, knallte ich die Tür hinter mir zu und schrie nach Irma, die sofort kam und versuchte mich zu beruhigen.

Man hätte die Erziehung Rudolfs schon im Griff, sagte sie und ich solle mir keine Sorgen um das Kind machen, es sei in guter Verwahrung.

„Ja, genau Verwahrung und nichts anderes," rief ich immer noch empört.

„Majestät, Rudolf ist für euch verloren."

„Er ist für uns alle verloren, nur ihr wisst das noch nicht," antwortete ich resigniert, denn das der Junge kein gutes Ende nehmen würde, war mir ja klar, das wusste jeder in meinem Jahrhundert. Nur konnte ich mich, verdammt noch mal, nicht erinnern was ihn denn so aus der Bahn geworfen hatte.

„Wie meint ihr das Majestät?", fragte Irma ängstlich.

„Ach nichts, vergiß es einfach, das ist alles zu kompliziert, ich verstehe das selbst alles nicht, so ein Mist....", sagte ich und fiel rücklings auf mein Bett.

„Mein Ohr piept wieder," jammerte ich der Einfachheit halber ein bisschen vor mich hin.

Als ich mich nach ein paar Tagen beruhigt hatte, versuchte ich mir Rudolf selbst vorzunehmen, aber dieses Kind schien völlig unter dem Einfluß seiner Großmutter und seines Erziehers zu stehen.

Er erzählte mir nur furchtbar stolz, das er ganz alleine eine Katze getötet hatte.

Ich war entsetzt von dem Ausdruck in seinen Augen und so überließ ich den Jungen seinem eigenen Leben. Ich sorgte dafür das er ein wenig mehr Freizeit bekam und das man ihn nicht so sehr drillte.

Aber für eine Person wie mich, war es in seinem Leben deutlich zu spät.

Auch das Mädchen Gisela, die schon so erwachsen schien, hatte für mich nur ein müdes Lächeln übrig und verschwand zu seiner Großmutter um dort wahrscheinlich über die verrückte Frau Mama herzuziehen.

Im Rahmen dieser Episode mit meinen verlorenen Kindern, kam auch das Gespräch auf das erste Kind namens Sophie, das mit zwei Jahren in Ungarn verstorben war.

Davon hatte ich natürlich keine Ahnung und Irma erinnerte mich an das schreckliche Drama indem sie nur sagte:

„Seit dem Tode der kleinen Sophie hat die Erzherzogin die beiden Kinder an sich gebunden wie eine Mutter. Ihr, euer Majestät, habt seit dem keinen Einfluß mehr auf die Erziehung und seit den Kindern fremd geworden. Man hat euch dafür verantwortlich

gemacht , das die Kleine starb. Erinnert ihr euch nicht?
Ihr wolltet sie unbedingt mit auf die Reise nehmen und sie verstarb an einem Fieber."
„Doch, doch natürlich", antwortete ich unter Schock und war wie betäubt von der Situation in der ich mich befand.

Gut Kaiserin zu sein ist ja ganz lustig, mit diesem Aussehen, den Geldmitteln die mir zur Verfügung standen und den ganzen Annehmlichkeiten.
Aber die Kehrseite war gar nicht so angenehm, es sei denn, ich begann, diese Dinge, auf die ich ohnehin keinen Einfluß mehr zu haben schien, zu ignorieren und mein eigenes Leben zu leben.
Ich musste versuchen die Kinder, den Kaiser und die politischen Geschehnisse aus meinem Leben auszuschließen.
Auf Kinder und Mann musste ich verzichten weil ich Angst hatte, das Bild welches die Welt von der Kaiserin in meinem Jahrhundert hatte, zu verfälschen und aus der Politik musste ich mich heraushalten, weil ich keine Ahnung hatte und dort ebenso schreckliche Dinge anrichten konnte.
Wenn ich mich um Rudolf und den Kaiser zu sehr bemühte, wurde dann nicht die Ganze Geschichte um das Kaiserhaus verändert?
Der kleine, vernachlässigte Rudolf war eine große politische Gestalt im Hause Habsburg.
Ich durfte mich gar nicht einmischen und die liebende Frau und Mutter werden, ich würde alles verändern.
Also, was blieb mir?
Meine „Einzige" Marie Valerie, meine Reisen, mein Geld und natürlich mein Aussehen.
Das setzte ich jetzt dazu ein, um mir das zu erkämpfen was ich haben wollte, meine Freiheit.
Ohne Rücksicht auf die Meinung der Menschen um mich herum wollte ich nun leben.
Hieß es in meiner Zeit nicht sowieso, die Kaiserin Elisabeth sei eine merkwürdige, seltsame und zurückgezogene Person gewesen?
Also beginnen wir doch damit, dieses Klischee zu erfüllen.

„…was mich freuen würde? So bitte ich dich entweder um einen jungen Königstiger (zoologischer Garten Berlin, drei Junge) oder ein Medaillon.
Am allerliebsten wäre mir ein vollständig eingerichtetes Narrenhaus. Nun hast du Auswahl genug. Im voraus danke ich dir für das Medaillon…!"

(Kaiserin Elisabeth an Kaiser Franz-Josef als Antwort auf die Äußerung eines Wunsches zum Namenstag)

Sie atmete schon ohne Maschine, aber sie wachte nicht auf.

Das EKG auf dem piependen Monitor war unverändert langsam.

Die Hinströme waren die ganze Zeit über sehr lebhaft.

Ein Mann in einer schmutzigen Weste stand am Bett, knautschte eine alte Mütze in den Händen und schaute traurig auf sie herab.

Irgendwie hörte seit dem Unfall oder seit der Zeitreise, wie ich es inzwischen für mich nannte, das piepen in meinem Ohr nicht auf.
Ob das von der Gehirnerschütterung kam?
Mal war es stärker, mal schwächer oder es kam mir nur so vor, je nachdem wie sehr ich mich darauf konzentrierte. Es war ein rhythmisch anhaltendes piepen und es begann mich zu nerven.
Außerdem war ich oft gereizt.
Viele meiner Begleiterinnen mußten mich inzwischen hassen.
Ich war oft launig und erfüllte die Erwartungen der überspannten Kaiserin nur allzu gut.
Mir ging alles auf die Nerven und ich wusste nicht wie ich mich dagegen wehren sollte.
Wenn meine Hofdamen mich morgens in aller Frühe anzogen, dauerte mir das oft zu lange und ich wurde ungeduldig, weil ich irgendwie nie alleine war und wenn ich es mal schaffte mir wenigstens die Unterwäsche ohne Hilfe anzuziehen, kam auch schon sofort eine eifrige Dienerin aus einer Ecke angerannt, um mir irgendetwas über den Kopf zu ziehen oder mir sonst wie zu helfen.
„Es reicht", brüllte ich „lasst mich in Frieden, geht raus, lasst mich einmal alleine, ich bin durchaus in der Lage mich alleine zu waschen und anzuziehen, verdammt verschwindet und zwar alle…"! schrie ich und warf ein Kissen nach der aufgescheuchten Hofdame, die durch die Tür verschwand die ich damals 2004 aus

der Hand gerissen bekam und meinte ein Windstoß hätte das verursacht. Ich hätte jetzt schwören können, das die kleine Hofdame im hinausgehen sagte: „Gott - hat die wieder eine Laune..!" Die Worte von denen ich damals dachte sie kämen von einer der Putzfrauen aus der Hofburg.

Zuletzt ohrfeigte ich meine Friseuse Fanny, weil sie wieder an meinen Haaren riß als sei sie wütend auf mich. Sie hatte nicht das Recht auf mich wütend zu sein, was bildete sie sich ein. Ich war ihre Kaiserin.

Und das machte ich ihr deutlich klar, indem ich sie anschrie und ihr eine Ohrfeige verpasste. Es tat mit hinterher sehr leid aber eine Kaiserin entschuldigte sich nicht bei einer Dienerin, soviel hatte ich bereits gelernt.

Und ich muß sagen, es half.

Sie wurde etwas zugänglicher und sagte einmal sehr bewundernd zu mir:

„Majestät tragen ihr Haar wie eine Krone anstatt der Krone."

„Ja", antwortetet ich „nur das man die andere leichter abnehmen kann. Ich bin ein Sklave meiner Haare."

Fanny benahm sich nicht mehr so von oben herab und wir schlossen Frieden.

Eines Tages kam sie zu mir verbeugte sich tief und sprach:

„Euer Majestät, ich wünsche zu heiraten, ein netter Mann hat mich gefragt und ich möchte gerne seine Frau werden."

„Ja und?", fragte ich, legte den Brief zur Seite den ich gerade las „was habe ich damit zu tun?"

„Ich werde den Hof deswegen verlassen müssen, der Mann den ich zu heiraten gedenke ist kein Hofangestellter, sondern ein einfacher Bankbeamter.",

Ich bekam Panik, wer sollte meine Haare bändigen wenn nicht diese Frau.

Ich war berühmt und beliebt wegen meiner Haarpracht, überall wurden meine Frisuren oder besser gesagt die Fannys nachgeahmt.

Ich konnte es mir nicht leisten sie zu verlieren.

„Kein Problem", sagte ich weltmännisch „dann nehmen wir den

Herrn eben auch in den Hofdienst auf. Ich brauche sowieso einen fähigen Mann, der meine Reisen organisiert"! Gibt es sonst noch ein Problem oder kann ich weiter lesen?"

Ich nahm den Brief wieder zur Hand und winkte Fanny aus dem Raum.

Cool gemacht Elisabeth, dachte ich, ganz eine Kaiserin, nur keine Blöße geben und Panik zeigen.

Dieses Biest wusste genau wie abhängig ich von ihr war und nutzte das weidlich aus. Das Ehepaar bekam von mir ein Gehalt als wären sie Professoren an einer Universität, aber egal, ich hatte Geld genug und die zwei waren in ihren Jobs wirklich gut.

Und ich bemerkte wie ich langsam zu Elisabeth wurde, in Gedanken nannte ich mich inzwischen auch Elisabeth.

Alice verschwand allmählich.

Es war schrecklich, ich war wie verrückt, mir war einfach alles zuwider, ich gefiel mir selber nicht mehr.

Ich wanderte ziellos durch die Hofburg.

Manchmal blieb ich vor dem berühmten Gemälde stehen, welches die ganze Welt kennt und das vor meinem Eintritt in diesen Körper der Kaiserin, gemalt wurde.

Ich sah das Gesicht das mir jeden Morgen im Spiegel so schön vorkam, das mich spitzbübisch anlächelte und ich wünschte mir so sehr das sie aus dem Rahmen steigt, sich zu mir setzt und mir ihr Leben erzählt.

Das sie mir ein paar Tipps gibt, wie ich mich hier besser verhalten könnte.

Und wo zum Teufel steckte sie gerade?

„Wo bist Du?", fragte ich in die Stille, ,bist du gerade bei mir zu Hause und hast die gleichen Ängste wie ich hier in deiner Welt?"

Aber die Zeit lief davon und ich wusste nicht was passieren würde.

Ich hatte ständig das Gefühl auf etwas zu warten, was nicht eintreten wollte. Und so wurde ich immer nervöser und umtriebiger.

Mein Kind war meine einzige Freude.

Wenn wir in Wien waren, vertrieb ich mir die Zeit damit von einem Fotostudie ins andere zu ziehen, um mich dort ablichten zu lassen.

In den verschiedenen Roben, mal mit meinen Hunden und mal alleine.

Wenn ich diese Fotos anschließend sah, erkannte ich auch in ihnen immer die alte Alice.

Ein bisschen spöttisch lächelnd über die Kunst der Fotografie achtzehnhundert irgendwas.

Was die für einen Riesenaufwand betrieben war wirklich lustig anzuschauen.

Und so wirkte ich auf allen Fotos leicht spöttisch, wenn nicht sogar arrogant. Sollte mir aber egal sein. Ich war hübsch genug um das zu ignorieren.

Auch Marie Valerie ließ ich fotografieren, es machte ihr großen Spaß.

Und so vertrieb ich mir die Zeit.

Ich bekam sehr viel Post.

Das meiste waren Bittschreiben von den diversen Einrichtungen der damaligen Zeit.

Da ich anfangs Angst hatte, irgendetwas Falsches zu tun, ließ ich sie mir während der Frisierstunden vorlesen, reagierte aber sonst nicht weiter darauf.

Bis mir klar wurde, dass ich mit meinem Geld sehr viel Gutes tun konnte.

Denn wenn ich schon in der Politik des Landes nicht sehr nützlich war, außer das meine Schönheit auf jedem Staatsbankett ein Highlight war und ich so viele Herzen erobert hatte, konnte ich wenigstens auf der sozialen Ebene etwas wieder gutmachen.

So begann ich ausgesuchte Einrichtungen jeder Art zu besuchen.

Kinderheime, Armenfürsorge, Kriegsverletzte und Irrenhäuser wurden wenn ich mich in Wien befand, meine Leidenschaft.

In einem dieser Irrenhäuser rannte trotz erheblicher Sicherheitsmaßnahmen um meine Person, eine der Insassinnen auf mich zu und begann mich zu beschimpfen:

„Wer bist du? Was bildest du dir ein, ich bin die Kaiserin nicht du...!"

Mein Wachpersonal wurde direkt unruhig und auch der Direktor der Klinik stellte sich sofort zwischen mich und die Verrückte.

Meine Hofdamen die mich ohnehin nur unwillig in solche Einrichtungen begleiteten. zogen sich sofort erschreckt aufschreiend in eine Ecke zurück.

Ich allerdings wurde neugierig und bat ohne Angst den Direktor auf Seite.

„Euer Majestät, ich bitte um Verzeihung", er sank vor mir auf die Knie und sagte besorgt „sie ist gefährlich und hält sich für die Kaiserin, bitte haltet Abstand."

„Nein, lasst mich mit ihr sprechen", sagte ich bestimmt und großes unverständiges Gemurmel begann um mich herum.

Ich blickte böse auf meine Begleitungen und machte eine Handbewegung, die keine andere Möglichkeit mehr zuließ, als mir meinen Willen zu lassen.

Inzwischen liebte ich diese Machtposition und setzte sie immer dann ein, wenn mir eine Sache wirklich wichtig war.

Und eine Frau die behauptete die Kaiserin zu sein, war für mich wichtig.

Ich selbst behauptete die Kaiserin zu sein und war es gar nicht, wer weiß wer diese Person war.

So sprach ich mit ihr, ohne das man uns zuhören konnte, stellte aber schnell fest, das sie doch leider wirklich krank war und nicht eine Zeitreisende wie ich.

Schade, dachte ich, wäre doch nett gewesen mit jemandem darüber zu reden.

So hielt man mich nur für exzentrisch, da ich mich mit Irren abgab, anstatt Teegesellschaften abzuhalten und mich mit den adeligen Damen der hiesigen Gesellschaft anzufreunden.

Ich spendete weiter Geld, sorgte so für mehr und ausgebildetes Klinikpersonal.

Und wenn mein Geld allein nicht helfen konnte, so half ich auf bürokratischen Wegen, denn mein Name und mein Einfluß auf die gesetzgebenden Herren war enorm.

So hatte meine Schönheit und mein Geld den Armen und benachteiligten Menschen dieser Zeit sehr geholfen.
Wenn ich in Wien war, war meine Zeit damit sehr ausgefüllt.
Ich sage immer, wenn ich in Wien war.
Ich war nicht sehr oft in Wien.
Nicht um mich vor Verantwortung zu drücken, sondern weil ich Spaß am reisen fand.
Ich war ständig unterwegs.
Marie Valerie nahm ich überall hin mit.
Warum lebten wir schließlich als Kaiserin und Erzherzogin, wenn wir uns nicht alle Annehmlichkeiten die uns das Leben in dieser Zeit zu bieten hatte, wahrnahmen?
Das hieß jeder Zeit, wann immer man wollte, Sachen packen und aufbrechen wohin auch immer man wollte.
Marie wurde von Privatlehrern unterrichtet, die von uns überall hin mitgenommen wurden.
Ich hatte mir eine Jacht zugelegt, ein wundervolles Schiff, mit dem wir rund um das Mittelmeer unterwegs waren.
Sie wurde „Miramare" getauft und ich fühlte mich auf dem Meer, genauso wie in Ungarn, sofort zu Hause.
Wir machten an allen Häfen die uns schön und interessant erschienen, Halt und blieben eine Weile dort.

Ich hätte meiner kleinen Prinzessin am liebsten von meinem früheren Leben erzählt, aber die Vernunft hielt mich zurück.
Viel Andeutungen über das Leben in der Zukunft ließ ich fallen, aber sie sah mich mit kindlichen Augen an und nahm nur meine Stimme wahr, nicht aber den Sinn meiner Worte.
Vielleicht hielt auch sie mich schon für verrückt wenn ich ihr mitten im Gespräch plötzlich erzählte, das es möglich sei öfter als einmal auf der Welt zu leben.
Das Seelenwanderung ebenfalls möglich sei.
Ich glaubte an die Existenz mehrerer Wirklichkeiten, hatte ich es nicht an mir selbst erlebt?
Aber war das Gesprächsstoff für ein heranwachsendes Mädchen?
Sicher nicht.
Auch hörten natürlich oft meine Hofdamen unseren Gesprächen

zu und sie hielten mich langsam wirklich für verrückt.

Ich musste aufpassen was ich sagte, in dieser Zeit landete man schneller im Irrenhaus als man das Wort „Zeitreise" oder „Zukunftsahnungen" aussprechen konnte.

So entdeckte ich meine neueste Leidenschaft.

Ich fragte mich, wie kann ich meine Gedanken die Zukunft betreffend formulieren, ohne das man mich einsperrt?

Ich begann ein Tagebuch zu schreiben.

Allerdings nicht in Erzählform, sondern in Gedichten.

Tägliche Begebenheiten, Personen meiner näheren Umgebung und Beschreibungen meiner verschiedensten Gefühle konnte ich so zu Papier bringen ohne das sie jemand zu lesen wagte.

So konnte ich eventuell etwas hinterlassen, mit dem jedoch nicht jeder etwas anfangen konnte.

Was ich mit meinen Ergüssen anfangen wollte, das wußte ich noch nicht, aber auch dazu würde mir schon noch etwas einfallen.

So vergingen die Jahre.

Mit reisen, Gedichte schreiben, gelegentlichen, kurzen Treffen mit dem Kaiser und der Familie, denen ich immer fremder wurde und die mich aus ihrem Leben genauso ausgeschlossen hatten, wie ich sie aus meinem.

Zwischen Ungarn, Wien und den Mittelmeerländern trieb es mich unruhig hin und her.

Ich wusste, es würde irgendwann passieren, nur wann und wo? Es machte mich immer nervöser.

Immer auf der Flucht vor meinem Mörder, der irgendwo lauerte.

Der mich aber nicht erwischen konnte, solange ich nur unterwegs blieb.

Dachte ich.

Ich wollt die Leute ließen mich
In Ruh und ungeschoren
Ich bin ja doch nur sicherlich
Ein Mensch wie sie geboren

Es tritt die Galle mir fast aus
Wenn sie mich so fixieren
Ich kröch gern in ein Schneckenhaus
Und könnt vor Wut krepieren

Gewahr ich gar ein Opernglas
Tückisch auf mich gerichtet
Am liebsten sähe ich gleich das
Samt der Person vernichtet

Zu toll wird endlich mir der Spaß
Und nichts mehr soll mich hindern
Ich drehe eine lange Nas
Und zeig ihnen den H.....n !

(Kaiserin Elisabeth 1887)

„Ich denke, wir haben jetzt einen komatösen Zustand erreicht. Jetzt heißt es Geduld haben", sagte der Arzt zu dem älteren Ehepaar, das sich die ganze Zeit über an den Händen hielt. „Reden sie mit ihr über alltägliches, halten sie sie damit hier im Leben, das hilft." Und die ältere Dame begann gleich: „Ich werde dir neues von Irmgard erzählen Liebchen..."

1877

Zehn Jahre.
Seit zehn Jahren bin ich die Kaiserin. Ich bin vierzig Jahre alt.
Und ich bin seit vier Jahren Großmutter.
Das ist doch nicht zu glauben. Die älteste Tochter, Gisela hat mich zur jüngsten Großmutter aller Zeiten gemacht.
Mit 36 Jahren bereits Großmutter, zum Glück sah ich noch nicht danach aus.
Die Wahnsinnige. Auch sie war fast noch ein Kind, kaum achtzehn als sie heiratete.
Ich versuchte alles um sie dazu zu bewegen, noch ein wenig zu warten.
Aber ich hatte keine Chance.
Man dachte, ich sei zu verbittert über meine eigene verfrühte Heirat mit dem Kaiser, aber das war nicht der Grund.
Sicher war das damals bestimmt nicht lustig, aber davon wusste ich ja nichts.
Nur in dem Alter heiraten?
Was konnte alles dazwischen kommen?
Irgendwie lebte ich verstandesmäßig doch immer noch zu sehr im zwanzigsten Jahrhundert, so das ich diese Kinderhochzeiten nicht

gutheißen konnte.

Wie die ganzen letzten Jahre hinweg, hatte ich natürlich nicht das Geringste zu sagen was diese Hochzeit anging.

Mich nahm sowieso niemand mehr ernst.

So machte ich gute Mine zum schlechten Spiel, nickte während der Feierlichkeiten hinter meinem Fächer höflich zu allen Seiten und verschwand anschließend auf meiner Jacht nach Korfu.

Durch meine verschlossene Art, die ich mir angeeignet hatte, traute sich auch niemand mehr an mich heran.

Nur Irma und ich waren ein eingespieltes Team.

Natürlich hatte ich auch noch meine kleine Marie Valerie, die ich über alles behütete und die auch mich, trotz allen Verrücktheiten meinerseits, noch liebte.

„Mama, ich bin kein kleines Kind mehr, laß mich hier bei Papa in Wien. Ich möchte nicht schon wieder auf Reisen.", sagte sie flehentlich als ich mich wieder einmal anschickte Wien zu verlassen.

Ich wollte nach Ungarn, nach England zu Parforcejagden und dann mal sehen wo es mich hintrieb.

So wie ich halt jetzt mein Leben in dieser Zeit verbrachte.

Marie Valerie kam überall hin mit, nur jetzt mit über 10 Jahren begann auch sie ihren eigenen Kopf durch zu setzten, so wie ich es ihr eigentlich auch beigebracht hatte.

Aber meistens konnte ich sie noch überzeugen mit mir zu fahren, nur so kurz vor Weihnachten hatte sie keine Lust zu fliehen, so wie ich.

Die ganzen Feierlichkeiten rund um Weihnachten und meinen Geburtstag, ödeten mich an.

Auch 2004 hatte ich selten Geburtstag gefeiert und als ich herausfand das auch Elisabeth am 24. Dezember Geburtstag hatte, versuchte ich an diesen Tagen möglichst durch Abwesenheit zu glänzen.

Also verschwand ich auf eines meiner Schlösser, die ich mir auf der ganzen Welt eingerichtet hatte und machte mich dort unsichtbar.

Auf Gödöllö hatte ich mir sogar eine Zirkusmanege bauen lassen und lernte dort von einer Zirkusreiterin Dressurreiten.

So wie ich es mir 2004 immer gewünscht hatte.

Ein Schloß und viel Geld um es einzurichten.

Genau diesen Traum hatte ich mir mehrmals erfüllt.

Die Hermesvilla in Wien, die mir der Kaiser schenkte, damit ich öfter in Wien blieb. Sie richtete ich mit viel Pomp und Kitsch ein, aber herrlich romantisch und mit Gemälden die einen erblassen lassen.

2004 hatte ich es nie geschafft das Innere dieses Gebäudes zu besichtigen, weil es doch etwas außerhalb von Wien gelegen ist. Eigentlich kannte ich damals auch nie genau die Geschichte um das Gebäude und wusste nicht einmal das es der Kaiserin gehörte, also…mir!

Es ist mir sowieso schleierhaft wie ich hier existieren kann ohne meine Zeit zu vermissen. Irgendwie habe ich im Hinterkopf, das eines Tages etwas passiert, das mich wieder in meine Zeit zurückschleudert. Aber die Tage, Wochen, Jahre vergehen ohne das so etwas geschieht.

Weiß Gott ich lebe sehr risikofreudig.

Vielleicht um irgendein Ereignis zu provozieren?

Einmal bin ich in England vom Pferd gestürzt, mein englischer Begleiter, mit dem man mir natürlich eine Affäre nachsagte, ritt mit mir wie der Teufel durch die Landschaft, über Stock und Stein, über gepflegte englische Rasen und durch gefährliche Schluchten.

Ich flog kopfüber vom Pferd, genau wie damals und wurde bewusstlos.

Als ich erwachte, hoffte ich darauf Tante Inge zu sehen, die mir das Gesicht streichelte und froh war das ich aus einem Koma erwacht war.

Aber was mich streichelte, war Marie Valerie.

„Mama, wach auf, du bist vom Pferd gefallen. Mama hörst du mich?"

„Sie ist völlig wahnsinnig, diese Reiterei wird sie noch umbringen"!, hörte ich Irma verzweifelt sagen.

Irgendwie war ich froh, diese mir inzwischen so geliebten Menschen zu hören, auch sie wollte ich nicht verlieren, besonders meine „Einzige".

Und so antwortete ich ohne die Augen zu öffnen:
„Nein, umbringen wird mich ein anderer, kein Pferd, und meine Seele wird durch ein kleines Loch in meinem Herzen von dieser Welt verschwinden, da bin ich mir sicher."
Irma und Valerie schauten sich an als ich die Augen aufschlug und schüttelten die Köpfe über so viel Schwachsinn den ich von mir gab.
Wir lächelten einander an und alle waren froh das ich noch lebte, ich ganz besonders und das piepen in meinen Ohren wurde wieder stärker.

Für mich keine Liebe
Für mich keinen Wein
Das eine macht übel
Das and`re macht spei`n

Die Liebe wird sauer
Die Liebe wird herb
Der Wein wird gefälscht
Zu schnödem Erwerb

Doch falscher als Weine
Ist oft noch die Lieb
Man küsst sich zum Scheine
Und fühlt sich ein Dieb

(Kaiserin Elisabeth 1885)

Der Monitor über dem Bett piepte unaufhörlich immer weiter, aber die Frau am Bett störte das nicht, sie redete ununterbrochen auf die Patientin ein.

„Schatz das hat doch keinen Sinn", sagte der Mann am Bettende, sie hört dich nicht. „Doch sie hört mich, sie hört mich, ich bin ganz sicher, sie muß wissen das wir hier sind!"

„Krieg ich hier eigentlich keine Veilchenpastillen, was ist das hier für ein Service, verdammt noch mal," schrie ich Irma an.

Ich lag auf dem Boden in meinem Zimmer in der Hofburg und machte ein paar gymnastische Übungen.

„Elli, hör auf zu fluchen und sei nicht so unbeherrscht, es gibt zur Zeit keine, versteh das doch," antwortete Irma, wenn dich jemand anders außer mir hören und sehen würde, würde man wieder denken du bist ‚durchgeknallt' wie du immer so schön sagst."

„Mir ist todsterbenslangweilig in dieser öden Stadt, in der ich nicht vor die Tür kann ohne einen Rattenschwanz Leute mitzunehmen. Ich ziehe mich jetzt an, gehe auf den Kohlmarkt und besorg mir welche. Und Zigaretten kaufe ich mir auch. Los, gib mir ein paar Kronen."

Ich setzte mich auf und machte Anstalten mir meine Turnsachen auszuziehen.

„Du bist verrückt, du kannst nicht einfach aus der Burg spazieren und einkaufen gehen," empörte sich Irma und legte die Post die sie gerade bearbeitete auf Seite, um mich vorwurfsvoll anzusehen.

Ich umkreiste sie und wurde immer dreister.

„Weißt du was wir jetzt machen?", fragte ich sie provozierend„ wir schicken Fanny als Kaiserin verkleidet auf die blöde Theaterveranstaltung und ich haue heimlich durch den Hintereingang ab."

Irma sprang auf „Elisabeth, bist du von Sinnen?"

„Nein, das wird funktionieren. Keiner weiß genau wie ich

aussehe, ich war hier in Wien schon ewig nicht mehr in der Öffentlichkeit."

Ich war Feuer und Flamme für meinen Plan und ich ließ nach Fanny schicken.

Wir besprachen alles ganz genau, Fanny hatte immer den Fächer vor dem Gesicht zu halten und leise zu reden wenn sie angesprochen wurde.

Wir zogen ihr meine Abendgarderobe an und frisierten sie.

Sie sah fast so aus wie ich, nicht ganz so groß, aber aus der Ferne würde niemand etwas bemerken.

Fanny war begeistert. Trotz ihres schwachen Protestes den der Anstand ihr vorschrieb, machte sie das Spiel mit.

Wir lachten und kicherten wie Teenager 2004 die sich für einen Discobesuch zurecht machten.

So hatten wir an diesem Abend alle unseren Spaß.

Fanny spielte im dunklen Theater die Kaiserin und winkte majestätisch aus der Kutsche der Bevölkerung zu und ich spazierte an Irmas Arm und in Fannys bürgerlichen Kleidern durch Wien.

Ich kaufte meine Veilchenpastillen und rauchte sogar eine selbst gekaufte Zigarette.

Außerdem genoß ich den Spaziergang durch das alte Wien ungemein.

Ich wünschte Herr Knütter könnte die alten Straßen sehen, in denen die Händler standen und Ware anboten.

Ich kaufte frische Früchte und im Kaffee Demel, das fast genauso aussah wie zu meiner Zeit, einen ganzen Haufen Schokolade.

Mein Gott war das herrlich, unerkannt und frei durch die Menschenmenge zu gehen.

Irma hatte anfangs noch Angst, wurde aber immer mutiger als sie bemerkte, das mich wirklich niemand erkannte.

Wir hatten viel Spaß und kamen wie zwei kichernde Schulmädchen wieder in der Hofburg an.

Selbst der Wächter am Tor, der Irma den Passierschein abnahm den ich uns vorher ausgestellt hatte, merkte nicht, wen er da vor sich hatte und dachte wir seien zwei ihm unbekannte Stubenmädchen.

„Na immer herein in die gute Stube ihr zwei Hübschen", lachte er Irma und mich an und öffnete uns das Tor. Wir liefen über den Hof auf eine weitere Wache zu der uns die kleine Tür der Lakaienstiege, durch die ich 2004 auch in meine Gemächer gelangt war, öffnete.

Und wir waren nach unserem kleinen Abenteuer glücklich wie schon lange nicht mehr.

In meinem Zimmer zogen wir uns um und warteten auf Fanny, die kurze Zeit später ins Zimmer geschlichen kam und uns berichtete das es auch bei ihr keine Vorkommnisse gegeben habe und niemand sie entlarvt hatte.

Ich war durch und durch zufrieden und sagte zu meinen beiden Mitverschworenen aufgeregt und abenteuerlustig „Das machen wir jetzt öfter!"

Und so geschah es auch.

Dieser ständige Dauerton in meinem Ohr machte mich noch verrückt.

Meine sarkastischen Tagebücher in Gedichtform, lenkten mich von diesem gesundheitlichen Problem ab.

Ich unterließ meine extremen Reitausflüge und machte mich daran mehr zu laufen.

Ich joggte, oder was man hier so joggen nennen kann. Allein wegen der Klamotten.

In Wien beschränkte ich mich meist auf Bodengymnastik und benutzte meine Turngeräte, die Ringe und das Klettergerüst in meinem Zimmer.

Noch kurz vor Veranstaltungen in der Hofburg und vor festlichen Diners, legte ich, schon in Abendgarderobe, noch ein paar Übungen hin.

Einmal passierte es, das mich ein Hofangestellter dabei erwischte.

Ein kleiner Grieche, der angestellt war um mir seine Sprache beizubringen, ein lustiger Kerl, der total in mich verknallt war, rührend.

Und gerade er sah, wie ich kopfüber an den Ringen hing und mein Kleid mir über die Ohren rutschte, peinlich.

Aber er war begeistert.

Ich sprang mit einem großen Satz zu Boden und lachte ihn an:
„TATA, war das zirkusreif? Wenn ich nicht Kaiserin geworden wäre, wäre ich eine Artistin in der Manege."
„Euer Majestät, ich bin beeindruckt", sprach das kleine Männlein und sank auf die Knie.
Wie gesagt, ich konnte machen was ich wollte, ich war die Kaiserin.
Entweder hielt man mich für wahnsinnig, verrückt und egozentrisch oder man war beeindruckt!

In Griechenland, genauer gesagt auf der Insel Korfu, war mein zweites Schloß, das ich über alles liebte. Nach Gödöllö war ich hier am liebsten.
Diese Insel war ein einziger Traum. Ebenso wie die große Villa die ich mir auf einem der schönsten Hügel errichten ließ.
Dafür gab ich Geld aus. Eine ganze Menge sogar. Der Kaiser war mir gegenüber in Gelddingen sehr großzügig.
Den meisten Schmuck den ich bekam verschenkte ich an meine Kinder und deren Kinder. Ich sage nicht meine Enkel, da ich mich nicht als Großmutter empfand. Ich hatte nicht viel Kontakt zu den Kindern und fühlte mich nicht wie eine Oma.
Ich sah spitze aus und war sportlich in topform.
Viel Geld legte ich in der Schweiz an.
Ich hatte nicht viel Ahnung von der Politik aber ich bekam mit, das es überall auf der Welt unruhig war und große politische Veränderungen in Gange waren.
Da ich wusste, das die Schweiz die ganze Zeit über stabil bleiben wird, legte ich mein Geld dort an. Auf ein Konto mit ausgedachten, lustigen Namen wie zum Beispiel Hermengilde Haraszti.
So war meine Flucht, wenn sie denn nötig werden würde, gesichert.

Da ich ja eigentlich eine junge Frau war, überkam mich gelegentlich das Bedürfnis nach einem netten Mann in meiner Nähe.
Dem Kaiser war ich allerdings emotional so fern wie es eben nur

möglich war.

Das war mir zu gefährlich und riskant, da ich ja nicht in die Geschichte eingreifen wollte, in dem ich mich in den Kaiser verliebte und dann nicht mehr die seltsame Elisabeth darstellte.

Außerdem war er gar nicht der Typ Mann auf den ich stand, viel zu klein und dann der Bart…ach nein!

Aber hin und wieder hätte ich so gerne einmal wieder geflirtet.

Ich tat das auch, immerhin sah ich verdammt gut aus.

Viele Affären wurden mir nachgesagt.

Mit den lustigsten Kerlen.

Mein Reitlehrer in England mit dem ich viel allein zu Pferd unterwegs gewesen war, der Typ war rothaarig und sah mit seinen Segelohren aus wie Prince Charles von England… wer weiß… manches im Ablauf der Geschichte lässt mich sowieso zweifeln… deshalb…möglich ist alles.

Aber er gefiel mir nicht

Der viel gerühmte Graf Andrassy aus Ungarn war mein bester Freund.

Er war wie man 2004 sagen würde „cool drauf".

Er sah absolut schrecklich aus, wie ein wilder Zigeuner mit verfilztem Bart und so benahm er sich auch wenn wir alleine waren.

Er lümmelte sich auf Brokatstühlen herum, als säße er auf einer Wiese, er qualmte ein Kraut das, so wie es roch, aus getrocknetem Kameldung hätte gemacht sein können.

Wir lachten sehr viel über die blödesten Dinge und lästerten über gemeinsame Bekannte.

Er war zuerst nur politisch an mir interessiert und aus gemeinsamen Interessen für sein Land wurde eine sehr gute Freundschaft.

Wir merkten, das wir einander in unserem Freiheitsdrang und Gerechtigkeitssinn sehr ähnlich waren und nichts weiter denn er war außerdem verheiratet.

Immer wenn ich in Ungarn war, trafen wir uns außerhalb aller Konventionen und verbrachten gerne viel Zeit miteinander.

Oftmals war ich kurz davor ihm meine wahre Geschichte zu erzählen, er wäre jemand der sie mir geglaubt hätte, denn auch er schien mir nicht in diese Zeit zu gehören.

Vielleicht war es ein Fehler, ihm nicht alles anzuvertrauen.

Doch ich wollte kein Risiko eingehen und so schwieg ich und Gyula wurde, für lange Zeit, mein bester Freund.

Es gab noch viele Männer in meinem Umkreis, mit denen ich mich gelegentlich sehen ließ, aber keiner wurde ein intimer Freund, wie ich es mir doch manchmal wünschte.

Nur einmal wurde es knapp…verdammt knapp!

Ich ging mit Irma auf einen Ball.

Natürlich kein normaler Hofball, denn dort musste ich mich immer benehmen.

Irma und ich verkleideten uns, setzten uns Masken auf und gingen auf einen Karnevalsmaskenball.

Kein Mensch erkannte mich, genial.

Seit der Geschichte mit Fanny als Kaiserin, bin ich immer öfter so mutig gewesen und war alleine unterwegs in Wien oder auch in anderen Städten.

Ich hatte gelernt mich unauffällig zu bewegen.

So auch an diesem Abend.

Irma hatte nicht ganz so viel Spaß wie ich.

Ich tanzte viel und landete plötzlich in den Armen eines Mannes, der mir auf Anhieb gefiel.

Ein männlich, markantes Gesicht das auch 2004 für Aufsehen bei den Damen gesorgt hätte.

Wir tanzten und flirteten den ganzen Abend, es war wunderschön.

Irma hätte mich beinahe verraten in dem sie mich mit „Euer Majestät…lasst uns gehen, es ist mir hier zu voll" ansprach.

Fritz, so hieß der hübsche Mann, stockte und begann mir Fragen zu stellen die sich auf das Kaiserhaus bezogen. Ich tat völlig ungerührt und so als ob ich in der Stadt fremd wäre. Ich fragte sogar speziell nach der Kaiserin und ob sie denn wirklich so schön sei und was man in der Bevölkerung von ihr hielt.

Ich glaube mit diesen Bemerkungen machte ich ihn noch neugieriger, denn meine Maske behielt ich ja die ganze Zeit über auf meinem Gesicht.

Er war Bankbeamter und nicht dumm.

Ich verliebte mich an diesem Abend regelrecht in ihn und hätten wir 2004 ,wäre ich am nächsten morgen neben ihm aufgewacht.

Verdammt…verdammt knapp.

Zum Abschied, den ich vernünftiger Weise und auf Druck von Irma nehmen musste, erzählte ich ihm, ich hieße Gabriele und das ich viel auf Reisen sei, deshalb keine feste Adresse hätte und gab ihm ein Postfach an, an das er mir schreiben könnte.

Das taten wir über zwei Jahre lang.

Er bekam nie heraus wer ich war, er hatte immer den Verdacht ich sei die Kaiserin, in vielen Briefen fragte er mich oft danach, aber ich schwieg und lebte nur meine Träume und intimsten Bedürfnisse in diesen Briefen aus, die ich immer tatsächlich nur auf Reisen abschickte.

Aber eine richtige Beziehung zu einem Mann gab es nicht, ich hatte zu viel Angst, aber auch eigentlich nicht wirklich das Bedürfnis. Mein Leben war auch ohne Mann ausgefüllt.

Im Laufe der Jahre wurden mir die Männer meiner nächsten Umgebung sogar zuwider, sie respektierten mich, hielten mich aber für seltsam, die meisten überragte ich um Haupteslänge und sie benahmen sich wie aus dem letzten Jahrhundert, was sie ja auch waren.

Arrogant, von sich absolut überzeugt und Frauen als schmückendes Beiwerk betrachtend, ohne eigene Meinung und die Damen die sich eben nicht raus hielten oder sogar noch intelligente oder gar sarkastische Bemerkungen machten, wurden belächelt und als verschroben abgetan.

Im Grunde hat sich da nicht viel geändert in den letzten 150 Jahren!

Also, daraus folgt:

Für Mich keine Liebe, für mich keinen Wein, das eine macht übel, das andere lässt speien!

„Nein ich fahre nicht nach Wien, vergiß es!", ich lief aufgeregt im Zimmer auf und ab und knöpfte mir dabei einen Hemdkragen auf.

Wir waren in Irland auf einem wunderschönen Schloß, in dem ich mich schon mehrfach aufgehalten hatte. Hier gab es die besten Reitmöglichkeiten ohne große Begleitung und Etikette.

„Sisi, es muß sein, glaub mir", antwortete Irma während sie alle Sachen die ich mir wütend auszog, aufsammelte „der Kaiser ist sowieso schon wahnsinnig wütend über die Ausgaben die deine Reiserei ihn kostet. Denk an seinen letzten Brief, über einhunderttausend Gulden kosten wir hier heuer schon. Der flippt doch aus da unten in Wien, wie du immer so schön sagst, wenn du jetzt nicht zur Silberhochzeit erscheinst!"

Ich stand schon in der Wildlederunterwäsche vor ihr und sah wahrscheinlich aus wie ein aufgescheuchtes Huhn

„25 Ehejahre sind meiner Meinung nach genug, was gibt es da noch zu feiern?", wetterte ich und ließ mich auf einen Stuhl fallen „ich will nicht, Irma…kann ich nicht krank werden?"

„Das vergißt du lieber gleich wieder, dein Ruf ist in Österreich nicht der Beste, denk daran, immer nur Geld für Irren und Armenhäuser zu spenden die du auch nicht mehr besuchst, hilft auf Dauer auch nicht um deine nicht vorhandenen Präsenz zu kaschieren!"

„Ich hab keine Lust mehr," jammerte ich nun weinerlich vor mich hin „ ch bin so müde, ich laufe durch die Welt auf der Suche nach meinem Schicksal, eines Tages werde ich es irgendwo treffen, aber wo und wann, sag du es mir Irma!"

„Sei bitte nicht wieder so melancholisch Elli, das hilft dir diesmal auch nicht weiter. In Wien erwartet man dein Erscheinen zu den Feierlichkeiten, der Thronfolger wird da sein, du siehst deine großen Kinder wieder"!

„Au fein, na Bravo, da werden sich die lieben Kleinen aber freuen, wenn die irre Mama aufkreuzt, die sie ja sooo lieb haben", schimpfte ich und wurde in Erwartung meiner bevorstehenden Abreise richtig wütend „ Irma du brauchst dir keine Mühe geben. Rudolf ist 21 Jahre alt und hat drei zusammenhängende Sätze mit mir gesprochen und die waren nicht einmal privater Natur. Und in 100 Jahren wird es keinen Thron mehr zu vererben geben, glaub mir, das ganze Wesen der Monarchie hat keine Zukunft…!"

„Versündige dich nicht mit solchen Zukunftsvisionen", nun wurde Irma wütend und sah mich mit funkelnden Augen an„ wenn du weiter so einen Unsinn redest wundert, es mich nicht, das alle dich für verrückt halten. Ständig das „seherische Auge" das dich umgibt, da kann man ja Angst vor dir bekommen hör endlich auf damit"!

Nur Irma durfte so mit mir reden und das tat sie auch ungeschminkt wenn wir alleine waren. Meistens war ich ihr auch dankbar dafür, das sie mich immer wenn ich so unkontrolliert vor mich hinschimpfte und unbedachte Äußerungen über die Zukunft machte, wieder zurechtwies. Dann konnte ich mich wieder abregen und wurde dafür meistens traurig.

Auch jetzt wieder.

Ich wusste nicht was bald mit mir passiert, immer öfter dachte ich darüber nach was ich in der Biografie über mich gelesen hatte.

Ja über mich, ich bin die Kaiserin Elisabeth, die man zu früh aus dem Leben riß!

Verdammt, wer und wann…hätte ich doch gelesen!

Oder besser nicht, so weiß ich nicht wer oder wann, ist sicher besser so, aber es machte mich ganz krank!!

Wirklich krank, müde, melancholisch, schwarzseherisch alles was ich in meinem früheren Leben nie war.

Wir schrieben das Jahr 1879 und ich war 42 Jahre alt.

42 Jahre alt.

Das hieß ich lebe seit 12 Jahren in dieser alten Zeit, in diesem Körper den ich immer noch wohlgeformt halte, den ich rank und schlank halte durch ständigen Sport obwohl ich langsam nachlasse. Mir tun die Knochen und Gelenke weh. Die Rennerei und die wilde Reiterei werde ich demnächst mal sein lassen. Gymnastik und fechten, was ich der letzten Zeit gelernt habe, wird wohl ausreichen müssen.

Außerdem esse ich fast nichts, also wenig.

Wenn ich unterwegs bin esse ich besser.

In der feinen Hofgesellschaft, in der ich mich nach wie vor ungerne bewege und immer noch Angst habe irgendwelche Fehler zu begehen, esse ich nichts. Ich schiebe mein Essen gelangweilt von einer Seite des Tellers auf die andere.

Aber sie müssten mich mal im Münchener Hofbräuhaus sehen, da esse ich sogar Haxen und trinke Bier bis ich nicht mehr piep sagen kann.

Na egal, auf jeden Fall bin ich ziemlich gestört… glaube ich.

Ständig laufe ich weg vor dem was passieren wird, aber wo soll ich hin laufen?

Ich denke, so lange ich unterwegs bin, kann nichts passieren, obwohl das ja Blödsinn ist, weiß ich selber.

„Gut Irma, du hast ja Recht, laß und abreisen, bis wir in Wien sind vergehen ja ein paar Tage, dann habe ich Zeit mich an die ganze Hofbande zu gewöhnen. Außerdem liegt noch eine Reise dazwischen und ein Ziel ist nur deswegen begehrenswert weil eben diese Reise dazwischen liegt…aber Wien? Oh Gott, wie habe ich Wien geliebt in meinem früheren Leben…aber..!"

„Laß die Unkerei und dieses wirre daherreden, dein früheres Leben, was meinst du nur immer damit? Ich habe Angst wenn du so daher redest!", bettelte Irma ängstlich und sie tat mir leid, was sie alles mit mir aushalten musste war schon anstrengend. Aber ich war immer lieb und freundlich zu ihr.

Meine schlechte Laune ließ ich an anderen Personen aus. Meistens an den niederen Hofdamen oder Angestellten, herrlich zanken konnte ich mich auch mit Fanny meiner Friseuse.

Sie wusste wie abhängig ich von ihr war und unsere Streitgespräche endeten oft in schallendem Gelächter.

Sie stellte die Kunstwerke auf meinem Kopf zusammen für die ich auf der ganzen Welt berühmt war, wenigstens dafür war ich bekannt, wenn schon nicht für meine liebenswerte Art.

Und außerdem wiederholten wir so oft es nötig war die Doppelgängernummer.

Fanny spielte bei vielen offiziellen Empfängen die Kaiserin.

Meistens in fremden Ländern in denen ich zu Gast war, dann ließen wir sie winken und den verschiedenen Abgeordneten bei bestimmten Zeremonien die Hände schütteln. Zu sagen gab es da sowieso nichts, deswegen fiel es auch keinem auf, das da nicht die richtige Kaiserin zugegen war.

Zudem niemand genau mein Gesicht kannte.

Denn als Fanny mich das erste Mal vertrat, merkte ich welche Freiheit ich dadurch gewann, und seit dem versteckte ich mein ohnehin alterndes Gesicht hinter Fächern und Schleiern und fotografieren ließ ich mich schon lange nicht mehr.

Ziemlich geschickt oder?

So gewann ich unheimliche Freiheiten. Wie oft ritt ich alleine aus oder ging als Bürgerin verkleidet alleine durch Paris spazieren.

Das waren die Momente für die ich lebte und ich fühlte mich sicher, da niemand wusste wer ich bin.

Aber immer ging das leider nicht und das waren die Momente in denen ich Angst vor meinem Mörder hatte.

Oft reiste ich deswegen unter falschem Namen wie zB Gräfin Hohenembs, denn ob mein Nachname von 2004 hier bekannt war, wagte ich zu bezweifeln.

Und wenn man mich in einem Land nicht erwartete, dann kann auch keiner zu meinem Empfang erscheinen und niemand kann mich umbringen!

Dachte ich!

„…wenn ich deine Schwiegermutter ansehe, wenn ich an unsere Fuchsjagden denke, so kommt es mir ganz eigentümlich vor, zu denken, das sie schon Großmutter ist…!"

(Kaiser Franz- Josef zu seinem Schwiegersohn)

Piep, piep. Es war mitten in der Nacht, nur noch der Monitor war angeschlossen und eine Infusion lief, ansonsten war alles abgestellt. Sie atmete alleine und ihre geschlossenen Augen bewegten sich wie wild hin und her. Neben dem Bett schlief eine alte Dame in einem Sessel und hielt ihre Hand.

„Gut Irma, pack die Ziege ein und laß uns Richtung Wien abreisen, es nützt ja nichts!", sagte ich resignierend „bevor das liebe Männlein mich per Eilboten holen lässt, fahren wir freiwillig. Obwohl er doch mit der netten, dicken Katharina eigentlich genug Frau um sich hat", lachte ich um mich vergnügt zu stimmen.

„Du bist böse", antwortete Irma auch belustigt „du selbst unterstützt doch diese Affäre, also hör auf über sie zu schimpfen!"

„Du hast wie immer Recht, er soll sich ja vergnügen wie es nur geht, Hauptsache er vermisst mich nicht. Und die kleine,, dicke Kathi wäre bestimmt die bessere Kaiserin, zumindest wäre sie öfter an seiner Seite", kicherte ich.

Und so kicherten wir beide noch ein wenig über die Freundin des Kaisers.

Eine nette kleine Schauspielerin von der mir der Kaiser oft vorgeschwärmt hatte. Einmal zu oft für mich, als das ich nicht hätte hellhörig werden müssen.

Nicht im Sinne von Eifersucht, der Kaiser und ich liebten uns auf unsere ganz eigene Art. Wir machten einander nichts vor, wir lebten in verschiedene Welten, uns trennen 130 Jahre.

Nicht das ich ihm irgendetwas erzählt hatte, aber wir waren uns so fremd wie zwei Menschen sich nur fremd sein konnten, die in unterschiedlichen Welten geboren werden.

Wenn wir zusammen waren, was nicht oft der Fall war, weil ich nach jeder Veranstaltung oder nach jedem Aufenthalt in Wien mit

Empfängen und Trara, sobald wie möglich verschwand, kamen wir gut miteinander aus, solange ich mich beherrschte und nicht in seine Politik oder seine Ansichten über die Kinder oder ähnliches eingriff.

Nach einem seiner Vorträge über die schauspielerische Leistung der kleinen Katharina, beschloß ich ein Treffen der Beiden zu arrangieren.

Und siehe da, es funkte zwischen dem lieben kleinen Kaiser und der kleinen Katharina und ich war aus dem Schneider.

Er war nicht mehr alleine wenn ich unterwegs war.

Unterwegs zwischen Ungarn, England, Griechenland, Bad Ischl, Deutschland, Venedig, Frankreich, verschiedene Kuraufenthalte in Bad Kissingen und immer wieder, meist um den Jahreswechsel herum, in Wien.

Ich ritt nur noch mäßig, weil mein Rücken so schmerzte, so wanderte ich durch die Welt.

Immer ausgiebig und viele Stunden am Stück.

Irma war auch nicht mehr die Jüngste und sportlich lange nicht so trainiert wie ich, so mußte ich mir ständig neue, junge Hofdamen suchen die mich auf meine Gewaltmärsche begleiteten.

Ich zog mich immer praktisch an, ließ meist die Unterwäsche weg, es reichten ein paar gute Strümpfe und feste, eingelaufene Schuhe, die ich, wenn sie einmal gut weich waren, auch nicht mehr hergab. Auch wenn das nicht der höfischen Etikette entsprach, aber um solche Banalitäten kümmerte ich mich schon lange nicht mehr. Ich tat das was mir gefällt, immer mit dem Hintergedanken

„wer weiß wie lange noch"!

Und wenn mir bei meinen Wanderungen warm wurde ließ ich ein Kleidungsstück nach dem anderen einfach fallen und eine der jungen Hofdämchen musste es aufheben und mit weiter tragen.

Manchmal war ich ein unglaubliches Ekelpaket, aber ich war auch die Kaiserin und hatte mich so an die ganze Bedienerei gewöhnt das ich schon gar nicht mehr ohne meine ganzen Angestellten auskam.

Ich wurde angezogen, was bei dieser Mode wirklich nötig war, auf jeden Fall bei Ballroben. In meiner Freizeit hatte ich mich ja schon auf ein Minimum beschränkt, aber immer ging das eben nicht.

Ich wurde bekocht, auf was ich auch Appetit hatte, egal wo auch immer ich auf der Welt war, irgendein Geist im Hintergrund besorgte mir das Gewünschte.

Es gab hier keine Wasch und Spülmaschinen, viele Menschen waren in meinem Hofstaat beschäftigt.

Nicht nur Menschen, ich beschäftigte auch Tiere.

Meine eigenen Ziegen und Kühe hatte ich in Schönbrunn. Denn nur ihre Milch mochte ich wirklich gerne trinken.

Schönbrunn, auch ein Schloß das ich 2004 nie von innen gesehen hatte.

Im großen Park bin ich gelegentlich Fahrrad gefahren, aber ohne den Blick für die Außenanlagen.

Jetzt zu dieser Zeit erscheint es mir viel größer, wahrscheinlich weil es nicht für die Öffentlichkeit zugänglich ist und es stehen auch drum herum viel mehr Bäume, nicht so viele Häuser.

In dieser Hinsicht gefällt mir diese Zeit wesentlich besser.

Ich denke auch die Länder die ich bereiste, sahen um 18hundert irgendwas anders aus als 2004. Ich bin ja damals nicht so wirklich viel gereist.

Ich sage schon „damals" wenn ich an 2004 denke, merkwürdig wie sich die Gedanken im Laufe der Jahre verschieben.

Griechenland war noch gar nicht erschlossen, auch die englische und französische Küste war menschenleer.

So konnte ich oft baden gehen. Natürlich nicht einfach ausziehen und ins Wasser hüpfen wie man sich das vorstellt.

Nein, da wurde ein hölzernes Badehäuschen fast bis ans Wasser gefahren von dem dann ein Brettersteg ins tiefere Wasser führte.

In diesem Häuschen zog ich mir meine lustigen Badesachen an und ging dann direkt ins Wasser und schwamm los. Trotz der unbequemen Badekleidung war es wunderschön.

In Griechenland badete ich oft nur im dünnen Hemdchen, obwohl Irma immer entsetzt tat, hatte sie doch Verständnis.

Auf der griechischen Insel Korfu ließ ich mir ein schönes, großes

Schloß errichten.

Auf einem Berg von dem aus ich über eine große Bucht schauen konnte.

Einfach himmlisch mein Achilleon.

Ich richtete es griechisch ein, mit vielen Götterstatuen und Delphinen wo hin das Auge blickte. Bis hin zum Geschirr, alles voller Delphine.

Ich war reich.

Der Kaiser hatte von irgendwem viel Geld geerbt und ich bekam meinen Teil ab.

Ich brauchte viel für dieses Schloß und meine Bediensteten, aber das meiste legte ich in der Schweiz an, auf einem sicheren Konto, man weiß ja nie wofür das mal gut ist!

Auf Korfu brachte ich Irma fast an den Rand eines Herzinfarktes.

Während eines Spaziergangs mit Irma und in bürgerlicher Kleidung, gingen wir durch ein kleines Hafenstädtchen, es war ein Fischereihafen und bestand nur aus Anlegestellen, zwei Gasthöfen, einer gammeligen Fischhalle und einer Wirtschaft.

Da wir Durst hatten kehrten wir ein und tranken mit Wasser verdünnten Wein.

Hinter der Theke wurde einem Fischer der Oberarm tätowiert.

Irma und ich lachten über diese Prozedur und litten mit dem tapferen Seemann, der schmerzverzehrte Grimassen schnitt.

Da ich inzwischen gut griechisch sprach unterhielten wir uns über die Seefahrt.

„Ich will einen Anker auf der Schulter haben"!, fiel mir in dem Moment spontan ein

„Ja sicher, der Kaiser wird begeistert sein", antwortete Irma lachend und mich nicht ernst nehmend.

„Was hat der damit zu tun?", lachte ich herausfordernd „der ist weit weg und regiert irgendwo seine desolaten Länder und versucht das Schlimmste zu verhindern, obwohl es doch so sinnlos ist!"

„Hör auf mit deinen ewigen Zukunftsängsten, das ist immer so erschreckend!", antwortete Irma schaudernd.

„Aber wahr, laß es dir gesagt sein...und deswegen...!" ich grinste nur in mich hinein und als der Seemann fertig war, setzte ich mich auf seinen Platz, machte die rechte Schulter frei und beschrieb dem Tätowierer meine Vorstellung von dem Bild des Ankers.

Irma sagte gar nichts mehr, sie wurde nur blaß, bekam weiße Lippen, schlug die Hände vor ihr Gesicht und ging raus an die Luft.

Als sie wieder mit etwas mehr Farbe im Gesicht in die Wirtschaft zurückkam, war alles schon geschehen und ihre Schimpftiraden hatten keinen Sinn mehr.

Frohgelaunt und mit brennender Schulter gingen wir wieder zurück ins Schloß.

So wurde ich auf Korfu stolze Besitzerin eines Ankers auf der rechten Schulter.

„…sie ist die Verkörperung des Begriffs Lieblichkeit. Einmal denke ich sie sei wie eine Lilie, dann wieder wie ein Schwan, dann wie eine Fee, nein eine Elfe zum Schluß wieder nein ! eine Kaiserin ! vom Scheitel bis zur Sohle ein königliches Weib ! In allem fein und edel. Und dann fällt mir wieder all das Getratsch ein und ich denke, es mag viel Neid dabei sein. Sie ist so bezaubernd schön und anmutig…"

(Hofdame Marie Festetics über Kaiserin Elisabeth)

Piep, piep, die Herztöne des Monitors wurden leiser gestellt. „Wir werden sie von der Wachstation verlegen," sagte ein Arzt zu der alten Dame neben dem Bett. „ Nur die Patientin alleine entscheidet jetzt, was passiert, wir können medizinisch nicht mehr viel tun."

1887

„Na nu…Irma? Irma", rief ich aufgeregt.

Wie immer wollte ich Irma um mich haben wenn etwas geschah. War ich schon so unselbstständig geworden weil mir alles aus der Hand genommen wurde, oder wollte ich nur nicht alleine sein?

Die Angesprochene eilte auch sofort zu mir „Was ist Euer Majestät?", verbeugte sie sich rasch vor mir.

„Mein Ohr…es ist plötzlich ganz still…das Piepen …es ist weg!"

„Nein?", rief sie erfreut aus „ seit wann, Euer Majestät?"

„Eben grad erst, oder ich hab es jetzt erst gemerkt das mir etwas fehlt, komisches Gefühl, ja irgendwie fehlt es mir, ich hatte mich so daran gewöhnt!"

Das hörte sich zwar blöd an, aber irgendwie erinnerte dieses Ohrgeräusch mich immer daran, das ich eigentlich nicht in diese Zeit gehörte.

Und plötzlich war es weg.

Was mag das bedeuten?

Aber egal, ich lebe… und das bedeutet mir eine ganze Menge, denn ich bin seit zwanzig Jahren Kaiserin!

Nein eigentlich bin ich seit 33 Jahren Kaiserin, nur das ich von den ersten Jahren nichts mit bekommen habe.

Ich bin 52 Jahre alt und fühle mich auch so.

Das ständige piepen im Ohr machte mich fast wahnsinnig. Kein

Arzt hier in dieser Zeit, konnte mir sagen woran das lag.

Außerdem habe ich nicht wirklich Vertrauen zur derzeitigen Medizin und die Untersuchungen sind auch nicht gerade spaßig, also vermeide ich die Anwesenheit der Ärzte wie es nur geht.

Und wenn ich denen immer wieder erzähle, das ich seit dem ich nach dem Unfall hier aufgewacht bin, ein Dauerpiepen im Ohr habe, schicken die mich glatt ins Irrenhaus.

Bisher hatte ich Glück, die dämlichen Hofräte sind der Meinung ich brauche nur Klimawechsel, dann wird das besser.

Gut soll mir recht sein, so bin ich wenigstens dauernd unterwegs und in Wien vermisst mich sowieso niemand

Meine „Einzige", mein Mädchen Marie-Valerie, hat sich verliebt und möchte heiraten.

Ich war entsetzt, aber trotz mehrfacher Mahnungen, sich ja nicht zu früh zu binden, konnte ich es nicht verhindern, das mein Kind erwachsen wurde.

Meine älteste Tochter Gisela, die mir völlig fremd war hatte mich schon zur vierfachen Großmutter gemacht.

Aber ich sah sie nur bei Familienfesten und dann war ich Ihnen genauso fremd wie sie mir.

Ich setzte mich bei solchen Gelegenheiten, bei denen ich erscheinen musste, immer in eine stille Ecke und versuchte nicht aufzufallen.

Da ich immer sehr nervös war, wenn diese Figuren um mich herum waren, aß ich auch nichts, so das jeder glaubte ich würde nie mehr als drei Bissen essen und ich sei nur deshalb so schlank.

Ich hielt mich einfach an gesunde Kost und ritt sehr viel, außerdem fechte ich viel und ich laufe weiterhin im Eilschritt die Berge rauf und wieder runter.

Auch wenn ich nicht mehr so schnell kann wie früher, fühle ich mich noch immer fit.

Jedoch gilt dieses extreme Verhalten hier zu dieser Zeit als ziemlich exzentrisch.

Und genau dieses Verhalten veranlasste alle meine Familienmitglieder und die Bevölkerung Wiens dazu, mich für seltsam, verrückt und eigentümlich zu halten.

Sobald sich die Gelegenheit bot, verschwand ich sofort wieder von diesen Zusammenkünften.

Ich wollte mich so wenig wie möglich in die Geschichte dieser mir fremden Menschen einmischen.

Das gelang mir im Allgemeinen auch ganz gut.

Nur als ich einmal auf dem Rückweg von England, nach einem schönen Reitausflug, in Belgien Station machen musste um mir dort die Verlobte meines Sohnes Rudolf anzusehen, hatte ich das Gefühl, diese Hochzeit verhindern zu müssen.

Ich wusste aus meiner alten Zeit, wie ich 2004 inzwischen in meinen Gedanken nannte, dass die Sache mit Rudolf schlecht ausgehen würde.

Ich wußte nicht mehr so genau was die Geschichte über ihn schrieb, weil ich mich nie dafür interessiert hatte, aber es endete auf jeden Fall tragisch.

So versuchte ich ihn von der Verlobung abzubringen, indem ich ihm seine Braut als nicht besonders lieblich darstellte.

Sie war in der Tat besonders hässlich, jung und farblos und ohne Temperament, einfach gruselig.

Aber ich glaube Rudolf stand zu sehr unter Druck…Thronfolge und so…sie wissen schon.

Außerdem merkte ich, auf welch gefährliches Gebiet ich mich da wagte.

Irma warnte mich die ganze Zeit „Mische dich nicht in Rudolfs Angelegenheiten, er war dir bis jetzt auch egal, laß uns nach Wien weiterreisen, sonst gibt das hier nur Ärger."

„Irma, ich weiß das nimmt kein gutes Ende mit Rudolf, er wird nicht glücklich und es wird etwas geschehen das ich gerne verhindern würde aber nicht kann!", sagte ich schwarzseherisch.

„Dann höre auf mich und laß Rudolf seinen Weg machen so wie er ihm vorbestimmt ist, du kannst nichts daran ändern."

„Irma, manchmal habe ich das Gefühl, das auch du nicht aus dieser Zeit bist, genau wie ich. Weil du mich verstehst und mir immer eine Freundin warst, egal wie viel Unsinn ich auch so rede. Meine Zukunftsängste und Visionen nimmst du einfach so hin ohne mich dafür zu verurteilen."

„Ich bin deine Freundin und nicht deine Richterin", antwortete Irma gewitzt

„und außerdem erwartet man das von einer treuen Hofdame, egal wie verrückt und „durchgeknallt" wie du immer so schön sagst, die Herrschaft auch ist, ich habe nicht zu urteilen sondern zu gehorchen!"

„Wann hast du mir zum letzten mal gehorcht, Irma? Du bist einfach immer da und hilfst mir aus allen schwierigen Lagen raus, immer wenn ich dich brauche bist du plötzlich anwesend, wie ein guter Geist, der einen vor schlimmen Dingen schützt", ich wurde wieder traurig und wollte von Irma getröstet werden „aber immer wird das nicht funktionieren, Irma. Eines Tages wird ER mich erwischen und dann wirst du mir auch nicht mehr helfen können, es ist so vorbestimmt. Laß uns nicht allzu lange an einem Ort verweilen, machen wir das wir hier wegkommen, damit es nicht allzu sehr bekannt wird ,wo ich mich gerade aufhalte."

Irma hatte Verständnis für meine Traurigkeit.

Ihr alleine konnte ich meine Todesängste erzählen, sie hielt mich wahrscheinlich auch für verrückt aber sie ließ es mich nicht spüren.

Denn die Angst vor meinem Ende wurde immer schlimmer.

Elisabeth sei recht jung gestorben hieß es 2004.

Was bedeutet hier jung? Ich war doch schon alt.

Über 50 Jahre alt, Großmutter sogar.

Irgendwann wird ER kommen, ER muß kommen!

Oder bin ich ihm etwa schon davongelaufen?

Kann doch sein, das ich IHN durch mein ständiges umherreisen unter falschem Namen schon abgehängt habe!

Möglich wäre es, aber das Gefühl, das ich dem Schicksal nicht davonlaufen kann, wird immer stärker je älter ich werde.

Manchmal fordere ich mein Schicksal sogar heraus.

Auf einer stürmischen Fahrt auf meiner Jacht durch das Mittelmeer, ließ ich mich auf Deck an einem Mast festbinden, damit ich die tosende See, die ich so liebte, genau im Auge behalten konnte.

Es war herrlich. Ich habe das Meer wirklich lieben gelernt.

Die Seeluft, das Gefühl der Freiheit und der Weite sind unbeschreiblich.

Klar war es eine gefährliche Aktion und alle einschließlich Irma waren der Meinung ich sei nun völlig verrückt geworden.

Vielleicht stimmt das sogar, denn ich hatte so große Angst vor meinem Mörder, der irgendwo lauern musste.

„....sobald ich mich altern fühle, ziehe ich mich ganz von der Welt zurück. Es gibt nichts grauslicheres, als so nach und nach zur Mumie zu werden und nicht Abschied nehmen zu wollen vom Jungsein. Wenn man dann als geschminkte Larve herumlaufen muß-Pfui! Vielleicht werde ich später immer verschleiert gehen, und nicht einmal meine nähere Umgebung soll mein Gesicht mehr erblicken...!"

(Kaiserin Elisabeth)

„Wir haben dich nicht aufgegeben mein Kind, wir sind immer bei dir, hab keine Angst und wach endlich auf!" flehte die alte Dame neben dem Bett.
Die Augen der Patienten bewegten sich wild hin und her und ihr Gesichtsausdruck wirkte immer angestrengter.
„Was träumst du, mein Schatz? Was träumst du?"

Ständig halte ich einen Fächer vor mein Gesicht, damit niemand sieht wie viele Falten ich schon habe.
Obwohl ich noch immer recht ansehnlich bin.
Ich halte meine Schönheitpflege aber auch genau ein. Alles was sich in diesem Jahrhundert in der Kosmetik anbietet, schöpfe ich voll aus.
Viele Erdbeergesichtsmasken, heiße Olivenölbäder und essiggetränkte Tücher in der Nacht um die Hüfen geschlungen, die meine Taille schlank halten sollen.
Ich habe mir Mandelkleie Peelings zusammenrühren lassen, diverse Hautcremes mit Lavendel, Rosen und Orangenblüte.
Meine Haare färbe ich mit Indigo, ich schlafe weiterhin in einem flachen Bett ohne Kissen, lasse mich regelmäßig massieren und lege mir rohes Kalbfleisch auf das Gesicht um die Falten zu glätten.
Ich habe mich mit den ganzen Naturprodukten so angefreundet, das ich sie nicht mehr missen möchte und sie wirken auch noch ungemein gut.
Ich verbringe immer noch gerne und viel Zeit im Bad.
Aber trotzdem benutze ich in der Öffentlichkeit immer diesen Fächer, um mich dahinter zu verstecken.
Damit mich niemand erkennt wenn ich unterwegs bin, reise ich immer unter falschem Namen, oft melde ich mich als Gräfin Hohenembs in den verschiedenen Hotels an.

Das ist ganz praktisch, vor allem da dann niemand einen Staatsempfang plant.

Als Kaiserin von Österreich irgendwo anzureisen ist mit einen Riesenaufwand verbunden, den ich schon lange abgeschafft habe. Dieses Theater reicht mir in Wien.

Wenn ich auf Korfu, in England in Bad Kissingen oder sonst wo bin, versuche ich dieses Tamtam so gering wie möglich zu halten. Ich hasse es inzwischen, wenn man mich überall anstarrt.

Früher war mir das noch egal, da sah ich klasse aus, aber je älter ich werde, um so mehr stört es mich, wenn man hinter vorgehaltener Hand murmelt „oh das ist doch die Kaiserin".

Ich mag in der Öffentlichkeit schon gar nicht mehr essen, weil ich das Gefühl habe, alle schauen mit größtem Interesse, was und wie viel ich zu mir nehme.

Meist esse ich in Restaurants in denen ich mich unbeobachtet fühle und ich der Meinung bin, das in diesen Gaststätten niemand eine Kaiserin vermuten würde.

Das letzte mal im Hofbräuhaus in München allerdings fragte ich Irma

„Die Frau dahinten in der Ecke starrt mich an, hat sie mich erkannt?"

„Nein, ich denke sie wundert sich nur darüber das ihr euer Gebiß einfach rausnehmt und es mit Wasser abspült um es dann wieder in den Mund zu geben. Das ist in öffentlichen Restaurants wohl nicht üblich."

Ich sah sie erstaunt an und wir beide begannen schallend zu lachen.

„Oh Gott Irma, warum hälst du mich nicht von solchen Abartigkeiten ab, ich habe das völlig in Gedanken getan, so als ob wir beide alleine wären."

Wir kicherten noch eine Weile vor uns hin und als wir uns auf den Weg ins Hotel machten sagte Irma „Du hast heute Abend sehr gut gegessen, ich bin richtig überrascht aber stolz. Jetzt renne aber nicht gleich wieder los um das bisschen Essen wieder loszuwerden nur weil du Angst um deine Figur hast."

Ich blieb wie angewurzelt auf dem Gehweg stehen um Irma durchdringend anzusehen

„Das hast du schon einmal zu mir gesagt!"

„Das sage ich ständig zu dir, weil du in letzter Zeit immer irgendwelche sportlichen Aktivitäten unternimmst nachdem du gegessen hast. Und ich finde das langsam sehr bedenklich," antwortete Irma sehr besorgt.

„Nein, irgendwann hast du genau diesen Satz zu mir gesagt, wann war das?", nachdenklich gingen wir weiter.

Ich konnte mich nicht erinnern, doch irgendetwas ließ mich schaudern.

Ich schrieb viele Gedichte.

Ich weiß nicht ob sie gut waren, ich glaube nicht. Das war mir aber egal, da ich nur diese Form der Tagebuchführung wählen konnte.

Ich durfte unmöglich meine wahren Gefühle und mein Zeitreise Schicksal in Worte fassen.

Also blieb mir nur die Gedichtform, so das es, wenn es in fremde Hände geriet, nur als verrückte Kritzeleien abgetan werden konnte.

Ich packte meine Ängste und Zukunftsahnungen, die ja auch teilweise Wissen waren, in meine Gedichte.

Aber was sollte ich damit machen? Wo sollte ich sie sicher deponieren?

Wenn mich ein plötzlicher Tod ereilt, wie ich ja befürchtete, würden sie möglicherweise in die falschen Hände geraten?

Eines Tages beschloß ich die Gedichtbände zu beenden, sie zu versiegeln und in sichere Hände zu geben.

Ich beschrieb sie mit der Zeile „An die Zukunftsseelen", gab ein Exemplar an eine Schweizer Adresse meines Vertrauens und eines an Irma.

Beide Pakete bekamen ein Begleitschreiben, in dem ich bestimmte, das man die Bücher nicht vor 1950 öffnen sollte, da ich der Meinung war, das man sie vor dieser Zeit nicht verstehen würde und sie höchstens ins Feuer werfen würde um das Kaiserhaus nicht zu gefährden, wegen der irrsinnigen Gedanken einer wirren und kranken Kaiserin.

Der Erlös der Veröffentlichung, die ganz bestimmt erfolgen würde, sollte Waisenkindern in Europa zugute kommen.

Als ich diese Entscheidung getroffen hatte, war ich irgendwie erleichtert und wollte dann nichts als weiter reisen, weiter unterwegs sein, weiter fliehen, vor was auch immer.

Die arme Irma war stets bei mir, egal wo es mich auch hintrieb.

Wir lagen mit der Jacht vor Monaco in einen Hafen und saßen an Deck.

„Deine Post erreicht dich nicht mehr, alles wird uns hinterher gesandt. Der Kaiser weiß schon gar nicht mehr wohin er seine Briefe schicken soll", sagte sie eines Tages als sie mir einen Stapel Briefe brachte, den ich ungeöffnet auf ein Tischchen neben mich legte.

„Dann soll er es lassen, da steht doch ewig nur dasselbe drin. Ich soll endlich zurückkommen und ihn zu all den langweiligen Staatsbanketten in Wien begleiten. Wien, oh Wien, wie habe ich es früher geliebt," jammerte ich vor mich hin.

„Du hast Wien nie besonders geliebt, auch früher nicht", sagte Irma patzig und ließ sich in einen Stuhl neben mich fallen.

„Doch, doch, gaaanz viel früher in meinem ersten Leben, da habe ich es so sehr geliebt."

„Ach Elli", stöhnte Irma „was redest du wieder wirr daher. Dein erstes Leben! Das wievielte ist denn das Jetzige?"

„Wer weiß", antwortete ich verbittert„ vielleicht wandle ich schon seit hunderten von Jahren auf dieser Erde umher. Ich muß nur zusehen, das ich rechtzeitig wieder verschwinde, bevor es zu spät ist."

Irgendwie meinte ich das wirklich ernst.

Was wenn ich zum Beispiel immer wenn ich in einem Leben sterben sollte, schnell in ein anderes schlüpfte?

Wäre doch eine Erklärung gewesen. Und nicht die schlechteste!

Denn dann hätte ich wieder eine neue Chance wenn mich mein Mörder endlich erwischt.

Was sage ich da? Wenn ER mich endlich erwischt…

Manchmal wünschte ich es mir wirklich, weil die Warterei mich zermürbte.

Aber eigentlich wollte ich weiter fliehen, weil das bis jetzt ja ganz gut funktioniert hat.

Die Aufenthalte an den verschiedenen Orten wurden immer kürzer.

Mai bis Juni in Wien, hauptsächlich in meiner Villa im Lainzer Tiergarten, im Juli in Ungarn, im August in Bad Ischl, im September in der Schweiz in der ich mein gesamtes Barvermögen angelegt hatte, im Oktober wieder in Ungarn nach Gödöllö, im November wieder in Wien, von Dezember bis in den Februar hinein in Cap Martin, im März nach Cannes, Neapel und wieder ab nach Korfu.

Ich kam wirklich viel in der Welt herum, so wie ich es mir immer gewünscht habe. Ich hatte mehrere Schlösser, die ich mir nach meinen Vorstellungen eingerichtet hatte.

Ich hatte ein schönes Leben.

Wenn man von der Berühmtheit einmal absah, konnte ich mich wirklich glücklich schätzen.

Also Elisabeth, lächle und sei froh, es hätte auch schlimmer kommen können.

Ich lächelte und war froh und es kam schlimmer.

An mein Kind

Verliebt, verliebt und folglich dumm
Ich kann dich nur bedauern
Lang geh ich schon hienieden rum
Mich macht die Liebe schauern

(Kaiserin Elisabeth an ihre Tochter
Marie Valerie)

„Sie wacht auf, Herr Doktor sehen sie, ich glaube sie wacht auf", sagte die alte Dame aufgeregt. Die Patientin wurde zunehmend unruhiger und atmete schwer.

„Wenn das so weiter geht, nehmen wir sie wieder an die Überwachung", sagte der Arzt.

„Rudolf ist tot," sagte ich zu Irma immer wieder „Rudolf ist tot, ich habe es gesagt, das nimmt kein gutes Ende, jetzt ist er tot."

Irma saß neben mir und hielt meine Hände, die ganz dünn und ausgezehrt waren.

„Die Katharina ist jetzt beim Kaiser, so wie du es angeordnet hast, sie tröstet ihn," sagte Irma sanft.

„Ja, das ist gut, sie ist die Richtige dafür, ich kann ihm jetzt nicht beistehen. Wir sind uns so fremd. Wenn ich auch bald sterbe, soll er die dicke Kathi heiraten, das wäre das Beste für ihn. Oh Rudolf, hätte ich doch nur etwas dagegen unternehmen können. Er war noch bei mir und bat mich um Hilfe, ich sollte mit Franz reden und für ihn sprechen, aber ich konnte es nicht, ich durfte es nicht, ich habe ihn abgewiesen und ihm gesagt er solle für seine Sache selbst gerade Stehen. Ich habe völlig versagt, was hätte ich alles anders machen können...aber ich durfte es nicht, ich durfte nicht...", ich wiegte mich hin und her und war völlig verzweifelt, die Tränen liefen mir die Wangen herunter.

Weinte ich wegen Rudolf, wegen mir oder eher wegen der aussichtslosen Situation. Was hätte ich denn ändern können?

Nichts, nichts, gar nichts.

Und so ließ ich nach der Beerdigung den trauernden Kaiser wieder alleine und verschwand so schnell ich konnte nach Gödöllö um dort wieder mit meinen Gedanken alleine zu sein.

Der Kaiser war ja nicht ganz alleine, seine Freundin Kathi und der Rest der Familie waren bei ihm und ich, als seine verrückte, depressive Frau ,konnte ihm sowieso nicht helfen.

Obwohl wir uns ständig Briefe schrieben, kamen wir uns nicht besonders nah. Und wenn ich dann in Wien Station machte, war die Entfremdung noch deutlicher zu spüren.

Ich habe das Gefühl ich befinde mich nur noch auf Reisen um von einer Beerdigung zur nächsten zu fahren.
Es begann damit, das mein Cousin König Ludwig von Bayern ertrank.
Dieser große Mann der Geschichte war tatsächlich mein Cousin.
Selbstverständlich war ich auch 2004 mit seiner Lebensgeschichte vertraut, schließlich kam ich aus Bayern. Und wenn man nicht völlig dumm ist, bekommt man das mit der Muttermilch eingetrichtert.
Genau aus diesem Grund hielt ich mich von Ludwig so fern wie es irgendwie ging.
Als ich ihn jedoch kennen lernte und mich aus meiner Erstarrung gelöst hatte ,das ich ihn plötzlich leibhaftig vor mir sah, war er mir sehr sympathisch.
Meine Ehrfurcht vor dieser geschichtsträchtigen Gestalt war größer als die vor dem Kaiser von Österreich.
Ludwig war verrück, ganz klar, aber auf eine liebenswerte Art, daher fühlte ich mich ihm sehr nah.
Wenn wir uns begegneten, versuchte ich möglichst unbefangen über allgemeine Themen mit ihm zu reden, doch er schweifte ständig in träumerische, ja dichterische Sphären ab, so dass ich häufig nur zuhörte.
Oft war ich versucht, diesem Menschen meine Geschichte zu erzählen, er hätte mich entweder verstanden oder mich ebenfalls, wie sich selbst, für verrückt gehalten.
Ich hatte die Jahreszahl seines ungeklärten Todes nicht mehr genau in Erinnerung, allerdings bemerkte ich das sich etwas um ihn zusammenbraute.
Mir ging es sehr schlecht bei der Vorstellung, nichts unternehmen zu können was diesen Mann hätte retten können.
Aber was hätte ich tun sollen? Ihn warnen und die Geschichte Bayerns verändern? Nein!
Ich hoffte das es mir bisher gelungen war, mich aus allen

wichtigen geschichtlichen Ereignissen raushalten zu können.

So musste ich auch diesmal schweigen so schwer es mir fiel.

Allerdings kam ich in einem unserer letzten Gespräche nicht umhin ihm unterschwellig mitzuteilen, das er in Gefahr sei.

Ludwig sprach mal wieder von Musik und davon das keiner seiner politischen Männer ihn mehr ernst nehme, als ich seine Hand nahm und ihm sagte:

„Ludwig sieh dich vor, flieh wenn du kannst, weit weg von hier…", unterbrach mich aber selbst weil ich merkte das mit nur einem einzigen falschen Satz von mir, sich alles ändern konnte.

Ich war sehr verzweifelt und musste mich dringend von seiner Gesellschaft befreien sonst vergaß ich meine ganzen Vorsätze.

Ludwig schaute mich nur unverständlich an, fragte wo er denn hin solle, redete weiter über seine Bauvorhaben, die Musik und nahm mich nicht sehr ernst.

Ich küsste ihn, verabschiedete mich und nahm mir vor ihm nur noch zu schreiben, sonst hätte ich für nichts mehr garantieren können, weil ich ihn wirklich von Herzen gern hatte.

Im Juni 1886 kam die erschütternde Nachricht von seinem mysteriösen Tod.

Ich weinte die ganze Nacht, ob um Ludwig oder um mich und meine hoffnungslose Lage kann ich gar nicht sagen.

Nach seiner Beerdigung fuhr ich nach Bad Ischl zu meiner Familie.

Oh ,wenn es doch nur wirklich Familie gewesen wäre.

Ich hätte es mir so gewünscht.

Vater und Mutter waren mir sehr zugetan, aber sie missbilligten meine Lebensweise, ständig auf Reisen und auf der Flucht vor meinen Verpflichtungen in Wien. Nur mein unkonventioneller Vater verstand mich, aber der war selbst so oft unterwegs das ich ihn fast nie zu Gesicht bekam.

Meine Mutter erzählte mir ,das er, als er das letzte mal von einer seiner Reisen nach Hause kam, von einem neuen Diener an der Tür abgewiesen wurde, weil dieser ihn nicht als seinen Hausherren erkannte.

Tja so kann es einem gehen wenn man nie zu Hause ist.

Auch meine Mutter blieb mir fremd, obwohl sie eine liebenswerte Person war.

Und ich hatte so viele Geschwister, so viele verschiedene Charaktere aber alle einzigartig in ihrer Lebensweise.

Ich hatte einen tollen Bruder, der Augenarzt war und sich nicht um herzögliche Konventionen scherte.

Noch einen Bruder der eine bürgerliche geheiratet hatte, mehrere Schwestern die allesamt sehr schön waren und fantastische Persönlichkeiten.

Aber auch mit ihnen wurde ich nie richtig freundschaftlich verbunden.

Denn in dem Alter als ich sie kennen lernte, hatten alle schon ihr eigenes, teilweise sehr verworrenes Leben, so das ich als seltsame, zurückgezogen lebende Kaiserin nicht interessant genug für sie war.

Aber die Gespräche und die Kontakte die wir hatten, waren alle sehr herzlich, woraus ich erahnen konnte, das wir uns in unserer Kindheit sicher sehr, sehr nahe gestanden haben müssen.

Als dann auch noch Helene starb, die Schwester zu der ich mich am meisten hingezogen fühlte, brach ich den Kontakt fast ganz ab.

Ich war ja selbst so viel unterwegs, das nur noch Briefkontakt zu meiner so genannten Familie bestand.

Ich schrieb meiner Mutter, meinen Geschwistern, dem Kaiser, meinen Kindern, natürlich öfter an Marie Valerie als an Gisela.

Beide hatten inzwischen Kinder.

Und beide hatten Mädchen die jeweils Elisabeth hießen.

Auch Rudolfs Tochter wurde nach mir benannt.

Also noch eine Elisabeth.

Ich sah meine Enkel nicht oft, hatte aber alle sehr gerne und kaufte in den verschiedenen Ländern die ich bereiste, immer kleine Geschenke für alle, die ich ihnen wenn wir uns kurz in Wien begegneten, überreichte.

Meistens war ich um die Weihnachtszeit, also um meinen Geburtstag herum in Wien, blieb dann über Silvester und überstand einige offizielle Termine.

Meine „Einzige" Marie Valerie war sehr glücklich mit ihrem

Ehemann geworden.
Na gut dachte ich, wenigstens sie.

„...man weiß nicht ob die Realität der Traum oder der Traum die Wirklichkeit ist. Ich neige dazu, jene Menschen für vernünftig zu halten, die man wahnsinnig nennt. Die eigentliche Vernunft hält man für gefährliche Verrücktheit...!"

(Kaiserin Elisabeth
zu ihrem Vorleser Christomanos)

„Sehen sie Doktor, sie wacht wirklich auf" sagte die alte Dame am Bett ganz aufgeregt „es hat ihr bestimmt geholfen, das Irmgard hier ist". „Es ist immer gut Familie um sich zu haben, das stimmt", antwortete der Doktor, „aber sie bekommt Fieber, ist sehr unruhig und das Herz schlägt zu schnell, wir nehmen sie wieder an die Überwachung, das gefällt mir alles nicht."

Kurz nacheinander starben meine Schwester, meine Mutter und mein guter, verrückter, ungarischer Freund Gyula.
Wie gesagt von einer Beerdigung zur nächsten.
Ich gehe auf die sechzig zu, ich werde alt.
Sportliche Betätigungen sind sehr schwer geworden, ich bin noch recht schnell mit Irma unterwegs, wir laufen im Stechschritt durch die Welt, ich vorne weg und sie hinterher, mir alles aus der Hand nehmend wenn ich etwas nicht mehr tragen mag.
Sie erträgt meine üblen Launen, meine depressiven Phasen, meine Zukunftsängste, die ich noch immer nicht abgelegt habe.
Ich bin unruhig und unstet. Sobald ich irgendwo angekommen bin will ich wieder weg.
Auf der einen Seite habe ich Angst vor dem was wahrscheinlich bald passiert und möchte weiter weglaufen und auf der anderen Seite will ich sitzen bleiben und abwarten ob mich endlich jemand erlösen kommt.
Aber vor was erlösen frage ich mich dann.
Es geht mir doch gut. Ich bin gesund, habe eine Menge Geld und Menschen um mich herum ,die mich sicher vermissen würden.
Der Kaiser wird alt. Wenn wir uns sehen fragt er mich jedes Mal ob ich nicht endlich Ruhe finden will und zu ihm nach Wien zurückkomme, er möchte mich so gerne bei sich haben.
Der liebe Kleine, er tut mir leid, so alt und so viele Verpflichtungen, er sollte abdanken und mit mir mitkommen

denke ich oft, aber seine Natur lässt ein solches Verhalten nicht zu.

Er hat in Wien seine Katharina, die ihm in jeder Beziehung eine wahre Freundin ist, so bin ich beruhigt wenn wir uns wieder trennen.

Jedoch merke ich ihm an, das er mich gerne bei sich hätte.

Warum gehe ich nicht wirklich nach Wien zurück?

Will ich einfach nur reisen? Nein - ich habe vieles gesehen, die Welt ist wunderschön und hat einer reichen Frau viel zu bieten.

Will ich nicht in Wien sein, weil Er dort warten könnte? Nein - ER könnte überall warten, an jeder Ecke um die ich gehe, in jedem Hafen den ich anlaufe, in jedem Hotel in dem ich wohne.

Es gibt keinen Schutz vor IHM.

Wenn ich IHM nicht schon entkommen bin, dann wird ER eines Tages auftauchen, also sollte ich bis dahin so gut leben wie es geht.

Und in Wien in der Nähe des Kaisers und der Kinder, ist die Gefahr zu groß das ich mich verrate oder Warnungen die die Zukunft betreffen ,ausplaudere.

Und das darf nicht passieren.

Immer öfter denke ich an mein altes Leben im Jahre 2004.

Lange Zeit habe ich dieses Dasein völlig verdrängt.

Doch jetzt wünsche ich mir, genau wieder da anzuknüpfen, wo es mich aus dem Leben gerissen hat. Als dreißigjährige, sportliche, moderne Frau, die ihr Leben noch vor sich hat.

Aber ich darf nicht undankbar sein, das was ich erlebt habe ist so einmalig, das es das alles wert war.

Eventuell ist es gar nicht einmalig, wer weiß was noch passiert.

So oft bin ich ins Grübeln geraten, ob eine solche Zeitreise wie meine, nicht auch anderen Menschen geschehen ist.

Was ist mit Ludwig von Bayern und seinen Visionen, mein Freund Gyula aus Ungarn, der passte vom Verhalten auch eher ins Jahr 2000 als in dieses.

Mein Sohn Rudolf, auch er eine solch zerrissene Persönlichkeit, das man ins Grübeln kommen könnte.

Aber wenn ich diese Überlegungen laut ausspreche, wie ich es gegenüber Irma sehr of mache, schaut sie mich vorwurfsvoll an und sagt:

„Wenn ich dich nicht so genau kennen und so lieben würde, würde ich dich in den Narrenturm sperren lassen, zu der Verrückten die vor Jahren einmal behauptet hat sie sei die Kaiserin, erinnerst du dich? Vielleicht können wir euch ja austauschen…!"

Gut das ich Irma hatte, sie holte mich immer wieder aus meinen Wolkenkraxeleien, wie sie der Kaiser nannte, zurück und ich wurde für eine gewisse Zeit wieder fröhlich und unternehmungslustig.

Wir begannen wieder unsere Sachen zusammen zu packen und brachen zur nächsten Reise auf.

Immer wenn ich umtriebig wurde und der ganze Hofstaat der mit mir fahren musste über meine Reiselust stöhnte, hielt Irma zu mir und verteidigte mich wie eine Löwin ihr Junges.

Alle meine Unarten wurden von ihr einfach akzeptiert.

Ich glaube sie war die Einzige die mich wirklich liebte und ich weiß nicht warum das so war.

Meine Stimmungen schwankten wie die Fahne an meiner Jacht.

Ich war für die meisten Menschen in meiner Umgebung unerträglich.

So zog ich mich immer mehr zurück und duldete fast nur noch Irma in meiner Nähe.

Wir lasen zusammen, speisten zusammen und gingen zusammen spazieren und einkaufen.

Zwei alte Tanten rennen durch die Welt, warten und wissen nicht worauf.

Ich bin fast sechzig, ich bin alt und fühle mich auch so, ich bin müde.

Verdammt noch mal wo ist Er?

Wann kommt ER endlich?

„...ihr wollt, ich soll nicht mehr reiten. Ob ich`s tue oder nicht, ich werde so sterben wie es mir bestimmt ist...!“

(Kaiserin Elisabeth zu einer Hofdame)

Der Monitor war wieder angeschlossen und piepte laut und schnell, die Ärzte, Schwestern, das alte Ehepaar und eine junge Frau standen um das Bett, in dem die Patientin sich hin und her bewegte. „Bitte gehen sie hinaus", wandte der Arzt sich an die Familie „ irgendetwas stimmt nicht..."

„Niemand schickt mich von ihr weg, ich habe ihr immer beigestanden damals und heute, niemand schickt mich von ihr weg, niemand, niemals ...", antwortete die junge Frau und klammerte sich an die Hand der Patientin.

1898

„Heute hier und morgen dort, man weiß schon gar nicht mehr wo man sich befindet wenn man morgens erwacht", jammerte die kleine Kammerzofe.

„Freu dich das du in deinem jungen Leben soweit herumkommst und hör auf dich zu beschweren", antwortete ihr Irma.

Ich konnte das Ende dieses Gesprächs noch mitbekommen als ich den Raum betrat.

Die Kleine fiel vor mir auf den Boden und stammelte Worte der Entschuldigung.

Ich entließ sie mit einer Handbewegung die keine weiteren Worte mehr zuließ und die ich im Laufe der Jahre zu meiner Lieblingsgeste hatte werden lassen.

„Irma bleib", sagte ich als auch sie verschwinden wollte.

„Ist es wirklich so schlimm?"

„Ja Elli, wo willst du jetzt hin, deine Kur hier in Bad Nauheim ist beendet? Sollen wir nach Wien zurück oder nach Bad Ischl?"

„Ich weiß nicht, das piepen im Ohr ist noch nicht wieder weg, es war solange so schön still und meine Beine sind immer noch so schwer, laufen kann ich sowieso nicht mehr so schnell, also was hat es für einen Sinn in die Berge zu fahren?", antwortete ich giftig „und in Wien oder Ischl ist die ganze Familie, Marie Valerie ist der Meinung, ich laufe nur noch wie ein Trauerkloß herum und habe an nichts mehr Freude, sie sagt mein Gang war früher schwebend, heute gehe ich wie erschlagen, irgendwie hat sie ja auch recht. Ich bin so müde Irma, so müde…".

„Ja, das hast du ihr ja auch geschrieben, das die Familie froh sein kann so weit wie möglich von dir entfernt zu sein ‚weil du so schlecht gelaunt und traurig bist."

„Ich möchte in die Schweiz, laß uns nach Montreux fahren, ich kann dort eine weitere Kur machen, eventuell dieses Ohrgeräusch wegbekommen und einige Besuche erledigen. Wir könnten auch kurz nach Genf fahren…ja laß uns in die Schweiz fahren."

Also packten wir wieder einmal zusammen, hängten unsere eigenen Eisenbahnwaggons an einen Zug Richtung Schweiz und fuhren nach Montreux.

Nach einigen erholsamen Tagen in Montreux, begann ich mit meinen Besuchen. Eine bekannte Baronin in der Nähe von Genf erwartete mich.

So fuhren wir über den See und verlebten einen schönen Tag.

Da es zu spät für die Überfahrt wurde, übernachteten wir in einem Hotel, direkt an der Uferpromenade des Sees.

Ich war schon einige Male im Hotel Beau Rivage abgestiegen und man kannte mich dort.

Allerdings reiste ich, wie so oft, unter dem Namen Gräfin Hohenembs, um größeres Aufsehen zu vermeiden.

Im Hotel selbst wusste man natürlich wer ich wirklich war, aber meistens verhielten sich dort alle sehr diskret.

„Laß uns noch Veilchenpastillen kaufen", sagte ich zu Irma nachdem wir schon einiges an Spielzeug für die Enkelkinder gekauft hatte „meine Lieblingskonditorei liegt gleich auf dem Weg."

Irma packte die ganzen Einkäufe in eine Tasche und wir marschierten in unserem üblichen Eilschritt weiter.

Der Tag war angenehm und ich hatte gar nicht mal so schlechte Laune.

Ich war am frühen Abend entspannt und rechtschaffen müde, also zog ich mich früh in meine Hotelzimmer zurück.

Am nächsten morgen gingen wir in der Früh noch einmal durch die Innenstadt, es war ein heißer Tag, mein Hofstaat war schon mit dem Zug abgereist und wir wollten das Schiff über den See nehmen.

Gegen Mittag stand ich auf dem Balkon des Hotels und schaute über den See als Irma eintrat um mich abzuholen.

„Sieh mal Irma, der Mont Blanc ist ganz klar zu sehen wunderschön nicht wahr?", fragte ich sie.

„Ja euer Majestät, wir müssen aber los wenn wir das Schiff noch kriegen wollen."

Ich trank meine Milch aus und wir verließen das Hotel.

In einer Hand hatte ich einen Sonnenschirm und in der anderen meinen Fächer, mein Treuer Begleiter der mir seit vielen Jahren hilft mein runzeliges Gesicht vor den Menschen zu verbergen.

Irgendwann hatte ich beschlossen ohne ihn nicht mehr das Haus zu verlassen.

Irma fand das albern, aber ich meinte:

„Ich benutze ihn damit der Tod dahinter in Ruhe sein Werk vollenden kann."

Irma brachte das zum lachen, ich meinte das allerdings sehr ernst.

Wir mussten fast laufen um das Schiff noch zu erreichen, trotzdem blieb mir noch Zeit die schönen Kastanienbäume zu bewundern.

„Sie blühen dieses Jahr zum zweiten mal", sagte ich zu Irma.

„Elli, was dir heute alles auffällt, wir müssen laufen, der Dampfer fährt gleich ohne uns ab."

Ich lachte, ich lachte wirklich aus vollem Herzen, mir war ganz leicht und unbeschwert als es geschah.

Als ER kam.

„…wie kann man eine Frau ermorden, die keinem je etwas zu leide getan hat?"

(Kaiser Franz-Josef zu seinem Kammerdiener auf die Nachricht von Elisabeths Tod)

„Irgendetwas geschieht mit ihr, das Herz schlägt zu schnell, sie ist zu unruhig, geben sie ihr etwas zur Beruhigung", sagte der Arzt, der nicht vom Bett der Patientin wich und pausenlos auf den Monitor schaute. „Nein, sie wacht auf, Alli - ich bin es - hier ist Irma, wach auf Alli, bitte."

ER rempelte mich an als ich noch die Kastanienbäume bewunderte.

Ein kleiner Mann rannte so schwer gegen mich das ich nach hinten umfiel.

Irma war sofort an meiner Seite, aber ich fiel auf meine hochgesteckten Haare, so das ich sehr weich auf dem Boden aufkam.

Ein Hotelportier bemerkte meinen Sturz und kam sofort herbeigeeilt.

Mehrere Passanten blieben stehen und halfen mir wieder auf die Beine.

Ich bedankte mich höflich in allen Sprachen, die mir in diesem Moment einfielen und wandte mich an die erschrocken dreinblickende Irma:

„Was wollte dieser Mann von mir?"

„Wie fühlst du dich, ist dir etwas geschehen?"

„Nein, nein, wir sollten uns jetzt wirklich beeilen sonst verpassen wir das Schiff!", sagte ich zu ihr.

Auf einmal wurden alle Geräusche um mich herum gedämpft, die Vögel hörten auf zu singen, der Dampfer tutete nicht mehr, die Menschenstimmen auf der Promenade wurden verdrängt nur das piepen in meinem Ohr wurde lauter und lauter, meine Brust schmerzte und ich bekam schlecht Luft.

„Irma", sagte ich zur Seite gewandt an der ich Irma

verschwommen sah

„meine Brust schmerzt ein wenig, aber ich bin nicht sicher."

Ich lief noch alleine ein Stück weiter, dann wurde ich über die Gangway des Schiffes geschoben, Irma war direkt hinter mir.

„Jetzt Irma, schnell deinen Arm!"

Auf dem Schiffsdeck angekommen sank ich in Irmas Armen zusammen und wir glitten beide auf den Boden.

Ich sah Irmas Gesicht tränenverschmiert, ihre Hand mit Blut bedeckt, sie hielt meinen Kopf in ihren Händen und ich fragte:

„Was ist denn mit mir geschehen?"

Ich hörte Irma nach einem Arzt schreien und das in ihren Armen gerade die Kaiserin von Österreich, die Königin von Ungarn im sterben lag.

Und da wusste ich, das ER gekommen war.

„Elli, Elli hörst du mich, bitte wach auf."

„Alli, Alli, hörst du mich, bitte wach auf," rief Irmgard verzweifelt.

Die Patientin wand sich im Bett hin und her und wirkte verzweifelt, der Arzt setzte gerade eine Spritze an, als die Patientin plötzlich die Augen aufschlug.

Der Monitor piepte laut aber regelmäßig, die Augen blickten fragend umher und schauten in die Gesichter der um sie herumstehenden Leute.

Der Arzt ließ die Spritze sinken, das ältere Ehepaar das am Bettende stand weinte und die junge Frau neben ihr hielt ihre Hand.

„Alli, du bist zurück. Endlich! Erkennst du mich? Ich bin es - Irma."

„Nein", antwortete die Patientin „sie sind nicht Irma."

Sie setzte sich auf und schaute sich ihre Umgebung genau an.

Irma blickte ihr in die Augen und ließ daraufhin erschrocken ihre Hand los, Irma sank vor dem Bett auf die Knie und flüsterte„ Majestät…"

„Wer sind alle diese Leute, erklären sie sich. Benachrichtigen sie Hofrat Seeburger und den Kaiser… ich bin wieder erwacht."

Nachwort der Autorin

Danke an alle interessierten Leser, das Sie es mir möglich machen, meinen Traum vom Buch zu verwirklichen. Danke an meine „Korrekturleser" Heike und Sonja. Danke an meine Computerfachmänner und vor allem Danke an mich selbst, das ich es endlich geschafft habe, dieses Buch auf den Weg zu bringen.

Seit vielen Jahren beschäftige ich mich mit dieser ungewöhnlichen Frau, der Kaiserin Elisabeth von Österreich, Königin von Ungarn, Erzebet, der Engels-Sisi, der Liesel von Possenhoven, mit

Elisabeth

Allein schon der Name hat mich von Kindesbeinen an fasziniert.
Ich wollte sie immer persönlich kennenlernen, auch heute noch würde ich mir genau Das wünschen und ich glaube wir hätten uns gut verstanden.
Sie war bestimmt sarkastisch aber dabei sehr witzig, ich stelle sie mir bildschön vor, anmutig und immer mit einem spöttisches Lächeln auf ihren Lippen.
Mit einem stolzen und starken Namen für ruhmreiche Frauen.
Nun ruhmreich war unsere Elisabeth zu Lebzeiten wohl

nicht, erst später als sie als Vorbild für die emanzipierten Frau galt.

Aber für diese Art der charakterlichen Darstellung der Kaiserin sind andere zuständig.

Mein Wunsch war es, nur eine mögliche Erklärung für das doch oft komplizierte und ungewöhnliche, ja ungemäße Verhalten dieser hochinteressanten Person Elisabeth, zu finden.

Eine Zeitreise ist eine faszinierende Sache, die sich glaube ich jeder vorstellen kann. Manch einen würde es reizen in die Zukunft zu schauen, der andere wiederum möchte in die Vergangenheit zurück.

Elisabeth und ihre Familie bieten so viele verschiedene Persönlichkeiten, das jede davon eine eigene Romanfigur ergibt.

Wer sich mit der Kaiserin genauer befassen möchte, dem empfehle ich das im Roman erwähnte Buch von Brigitte Hamann „Elisabeth - Kaiserin wider Willen", es ist ausführlich und interessant geschrieben, nicht zu politisch und sehr detailliert. Es gibt unzählige Biografien über die Habsburger und die Wittelsbacher, viele Bildbände die einen guten Einblick geben in die Familiengeschichte.

„Meine" Elisabeth im Roman, ist eine moderne junge Frau, die sich in einer, ihr fremden Welt zurechtfinden muß.

Am Ende der Geschichte wacht die Kaiserin in unserer Zeit auf - eine unglaubliche Vorstellung - aber so wie ich die echte Kaiserin aus den verschiedenen Büchern kennenlernen konnte, denke ich, sie hätte ungefähr eine Woche gebraucht um sich in unserer Welt zurecht zu finden und sie hätte einen Mordsspaß gehabt.

Wenn sie eine unscheinbare, normale Kaiserin geworden wäre, anständig und unauffällig, wie ihre Schwester Helene es bestimmt geworden wäre, wüssten wir gar nicht was wir zu Weihnachten im Fernsehen anschauen sollten.

Aber eben durch ihre eigensinnige Art ihr Leben zu leben, ist sie den Menschen schon damals aufgefallen, leider nicht besonders positiv, denn 1837 hatte man als Kaiserin keinen eigenen Willen zu haben. Man sollte sich dem Stand entsprechend verhalten und das war Elisabeth zuwider, sie stellte eigene Regeln auf und wurde zur „seltsamen Frau".

Viele der Begebenheiten im Roman sind aus Elisabeths Leben übernommen, viele von mir verwendete Aussagen oder Handlungen haben stattgefunden und wurden durch Familienmitglieder, Bedienstete und Hofdamen überliefert.

Seit dem Selbstmord ihres Sohnes Rudolf, trug die Kaiserin nur noch schwarze Kleidung. Sie ließ sich nicht mehr fotografieren und verbarg sich hinter einem Fächer, der ihr half, das alternde Gesicht zu verbergen.

Einer Hofdame gegenüber äußerte sie einmal :

„.....ich nutze den Fächer um den Tod dahinter in Ruhe sein Werk vollbringen zu lassen...".

Der italienische Attentäter Luigi Lucheni vollbrachte diese Tat am 10. September 1898 in Genf.

Dieser Mensch wußte nicht einmal wen er da aus dem Leben riß.

Elisabeth starb, wie sie es vorhergesehen hatte...Lucheni erstach die Kaiserin mit einer spitzen Feile...ihre Seele verschwand so durch ein kleines Loch in ihrem Herzen.

Nur wurde sie nicht, ihrem Wunsch gemäß auf Korfu beigesetzt, sondern zu ihren Verwandten in die Kapuziner Gruft in Wien gelegt, dort wo sie sicher am wenigsten hätte sein wollen.

Wo täglich hunderte Menschen an ihrem, hinter Glas verschlossenen Sarg vorbeigehen. Wo Touristenströme in verschiedenen Sprachen vorbeigeführt werden, die nicht einmal genau wissen, wer in den großen Särgen ruht. Wo Schulklassen lärmend und respektlos neben den Särgen stehen und in ihre Handys sprechen.

Ich höre Elisabeth aus ihrem Sarg rufen :

,,macht das ihr weg kommt oder ich trete euch in den Hintern..." und ihnen einen gehörigen Fluch hinterherschickend.

Diese letzte Ruhestätte der Kaiserin gibt allerdings auch Menschen die sie geliebt haben, die sie verehren und noch über 100 Jahre nach ihrem Tode an sie denken, die Gelegenheit ihr Andenken aufrecht zu erhalten.

Ihr Sarg war, solange er zugänglich war und noch nicht hinter einer Glasfront verschwand, mit Blumen geschmückt. An ihrem Todestag konnte man den Sarg vor lauter Blumen nicht mehr erkennen, sogar aus Ungarn kamen die Menschen um Elisabeth zu ehren.

Und auch ich muß zugeben, das es mich jedes Mal wenn

ich in Wien bin zu ihrem Grab zieht und ich ihr etwas mitbringe. Einen Strauß selbst gepflückter Blumen von einer Wiese aus dem Lainzer Tiergarten, eine weiße Rose oder einen Beutel Erde aus Korfu.

Lange habe ich überlegt mit welchem Satz ich dieses Buch enden lassen soll. Eigentlich bleibt nur der Satz Kaiser Franz-Josefs als er vom Tode seiner Engels- Sisi erfuhr:

,, Sie wissen nicht, wie ich diese Frau geliebt habe... "